Nicole Oelze

Böser Jerry, komm!

Die Geschichte eines Wellensittichs

AF219886

Nicole Oelze

Böser Jerry, komm!

Die Geschichte eines Wellensittichs

Bibliografische Information der Deutschen Nationalbibliothek: Die Deutsche Nationalbibliothek verzeichnet diese Publikation in der Deutschen Nationalbibliografie; detaillierte bibliografische Daten sind im Internet über www.dnb.de abrufbar.

1. Auflage 2022

Herstellung und Verlag: BoD – Books on Demand, Norderstedt
Illustrationen Silke Kapahnke

ISBN: 978-3-7557-4768-0

Für Jerry

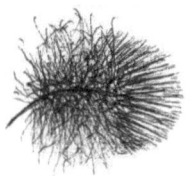

Wie alles begann!

Ich bin als Melopsittacus undulatus mit meiner klassischen Wildfärbung ausgesprochen ansehnlich. Folglich gehöre ich zur Familie der Psittac... Entsetzlich, diese Wortkombination kann ich mir weder merken noch perfekt auszwitschern. Also einfacher gepiepst, meine Wurzeln sind in der legendären Sippschaft der Papageien zu finden.

Mein Federkleid ist altbewährt olivgrün, meine ausgeprägte Denkerstirn, meine charakteristische Gesichtspartie und meine liebliche Kehle sowie die beiden Wangenhälften zeichnen sich durch einen leuchtenden Gelbton aus. Mein artiges Gesicht wird umrahmt von blauen Wangenflecken und den typischen schwarzen Kehltupfen. Das typische Wellenmuster, welches auf meinem Kopf und meinem Vorderrücken fein entspringt, um auf meinen Flügeldecken in breite Querstreifen elegant überzugehen, möchte ich hervorheben.

Kurzum, ich bin ein waschechter Wellensittich.
Mein Name ist Jerry und dies ist meine Geschichte.

Meine Geburt fiel auf einen verregneten Mittwochabend, mitten im bezaubernden Frühjahr des

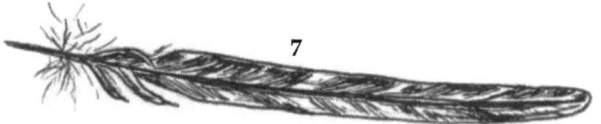

wichtigsten Zeitalters der Epoche, nämlich ins Jahr 1983. Die bescheidene Hütte meiner liebevollen Eltern befand sich bei einem anerkannten Züchter der Region. Hier gab es neben dem bekannten nahrhaften Bördeacker zusätzlich etliche Tierfreunde mit ihren Züchtungen und Eigenkreationen.

Mein Papa war von stattlicher Figur und wurde von den Damen seiner näheren Umgebung begehrt. Meine herzliche Mama schwärmte von ihm als einem heißblütigen Kavalier, der alle Weibchen auf charmante Weise für seine Wünsche gewinnen und um die Schwanzfedern wickeln konnte.

Sie dagegen war das lustigste und entzückendste Geschöpf unter den Jungvögeln und brachte meinen eitlen Papa mit ihrer zurückhaltenden, aber kecken Art um seinen Vogelverstand.

Tagelang umgarnte und busselte er sie, brachte ihr die feinsten Leckerbissen und hörte ihrem zarten Gesang stundenlang zu. Erst, als sie sich seiner ewigen Treue sicher war, erhörte sie ihn. Ein paar Wochen und weitere Gaumenfreuden später erblickten meine Geschwister und ich das Licht dieser Welt.

Wir waren das Glück unserer Eltern und wuchsen rasch heran. Papa brachte uns wesentliche Grundregeln des Lebens und Mama die gesellschaftlichen Sitten und Normen bei. Es war ihnen wichtig, dass wir intelligente, wissensdurstige und sensible Geschöpfe wurden.

Abends saßen wir zusammen und lauschten den vielfältigen Erzählungen der alten Vögel aus unserem Schwarm. Die Erlebnisse aus der Menschenwelt und von

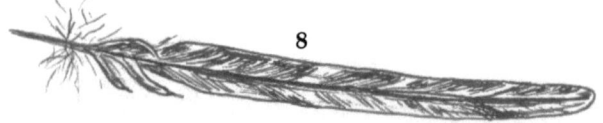

8

unseren Ahnen aus Australien sogen mich in ihren Bann. In meinen Tagträumen flog ich über die Savanne der glühenden Abendsonne entgegen. Ich spürte dabei die Winde unter meinen Flügeln und genoss die unendliche Freiheit. Die Welt außerhalb unserer Vogelvoliere fand ich aufregend, spannend und sie machte mich neugierig.

Als junger Hüpfer studierte ich unseren Züchter genau. Täglich kam Herr Steiner mit Fremden zu uns und präsentierte ihnen freudestrahlend seine Züchtungen, also uns. Die kleineren Kinder waren entzückt, wenn sie uns Wellensittiche sahen. Allein mit unserem Gezwitscher konnten wir ihnen unbändige Freude bereiten. Die meisten von den Menschenkindern klatschten und jubelten vor Begeisterung. Einige Mutige unter uns setzten sich auf die winzigen ausgestreckten Hände und augenblicklich war es um die Sprösslinge geschehen. Unzählige meiner Artgenossen und Freunde bekamen auf diese Weise ein neues Zuhause.

Unser Papa kannte keine Ausnahme. Alltäglich lehrte er uns. Selbst vor dem Wochenende hatte er keinen Respekt. Deshalb saßen wir wieder einmal in der Ecke unserer Voliere und lauschten angestrengt seinen Reden. Wir waren gelangweilt von den detaillierten Ausführungen zur Thematik Kräuter. Ich musterte meine Schwestern und sah, dass es ihnen genauso egal war, ob wir glatte oder krause Petersilie zum Knabbern bekamen. Die Hauptsache für uns war, dass sie gesund, knackig und häufig zur Verfügung stand. Jedoch war ein Widerstand unsererseits zwecklos. Ich wusste, das

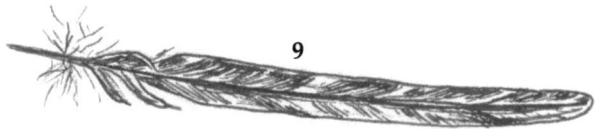

9

bringt Ärger und diesen konnten wir durch Zuhören und Nachfragen vermeiden.

Am Vortag hatte ich Papa heimlich dabei beobachtet, wie er drei Stängel Petersilie aus dem Futternapf mopste. Zuerst dachte ich, er wolle Mama imponieren. Ich schlich ihm nach und als ich sah, dass er sie versteckte, hielt ich ihn für gierig und meine Wissbegierde war erloschen.

Heute musste ich feststellen, dass ich mich geirrt hatte. Grienend thronte Papa uns gegenüber und hielt drei welke und ebenso viele frische Petersilienstängel mit seiner Kralle fest. Wir bekamen je ein Exemplar und nun baumelten an unseren linken Füßen das alte und an den rechten Füßen das frische Grünzeug. Papa gab uns Anweisungen, die wir ohne Rückfragen durchführten. Zuerst betrachtete ich meine Einzelstücke und ekelte mich bereits beim Anblick des linken Blattwerkes. Egal, wie ich es fixierte, es war bräunlich und in sich zerfallen. Das rechte Prachtexemplar war für mich wunderschön, es sah wie gemalt aus. Fortan war Grün meine Lieblingsfarbe. Meine nächste Aufgabe war es, die Augenlider zu schließen. Auf der einen Seite eine Wohltat, auf der anderen verschwand diese liebreizende Färbung. Papa hielt uns an, abwechselnd die Füße zu heben und die Krallen dabei leicht zu öffnen. Parallel auf mein Gleichgewicht achtend, wippte ich hin und her. Einseitig vernahm ich ein Knistern und Knacken, als würde ich kleine Stöckchen zertreten. Und im nächsten Moment dachte ich, im Schlamm zu waten. Unsere nächste Übung war eine Tortur. Abwechselnd musste ich mit weiterhin geschlossenen Lidern das Kraut an meine Nase führen und wie ein Hund intensiv schnüffeln. Immer wenn mein rechtes Bein an der Reihe war, roch ich eine aromatische Würze. Zusätzlich gaukelte mir mein Gehirn das Bild eines saftigen Petersilienbeetes vor und mein Fresszentrum schrie, ich solle reinbeißen. Schnell wechselte ich zur anderen Körperhälfte, stellte aber enttäuscht fest, dass dies eine schlechte Option war. Ich konnte keine Frische wittern und die unverfälschte Natürlichkeit war verflogen. Ekel ergriff mich und ich gab unbefriedigt auf. Langsam stieg in mir Hass auf dieses Spiel auf. Ich war bestürzt und fragte mich, was Papa damit bezwecken wollte. Doch bevor ich mich weiter mit meiner Frage beschäftigen konnte, gab Papa den Befehl zum Knabbern. Ohne darüber nachzudenken, oder die Augen zu öffnen, rupfte ich mir winzig kleine Blattfetzen aus der grünen Schönheit meiner rechten Kralle ab. Ich spürte auf meiner Zunge die feinperligen Wassertröpfchen, schmeckte die Fasern, roch das pikante Bukett, hörte das Aufbrechen der Zellen und kam mir vor wie im Paradies. Nachdem ich die Explosion mit meinem Körper und Geist vereinigt hatte, schlug ich die Lider auf. Ich war begeistert und beschloss auf das Experiment mit der schlechten Petersilienvariante zu verzichten. Papa blickte mich zufrieden an. Unser Test war zu Ende.

Das erneute Stillsitzen fiel mir zunehmend schwerer. Meine Füße fingen an zu kribbeln, sodass ich abwechselnd meine Krallen ausstrecken und bewegen musste. Durch meine Turnübungen kam unser mickriger Ast in ungewollte Schwingungen und brachte mir böse Blicke meiner Schwestern ein. Warum blieb mir schleierhaft und war mir einerlei. Ich sehnte das Ende unseres Unterrichts herbei und grübelte gerade darüber nach, was ich am Nachmittag anstellen könnte, als Herr Steiner mit einem jungen Pärchen in unsere Voliere trat.

Sie sahen nett aus. Intuitiv und ohne weiter darüber nachzudenken, nahm ich meinen Mut zusammen, kniff meine Augenlider erneut zu und flog los. Das war meine Chance und ich wollte sie ergreifen, bevor es ein anderer meiner Gefährten tat.

Tapfer landete ich auf der breiten Schulter des Mannes und fiepte ihm schrill in sein Ohr. Unsere Augenpaare trafen sich, wir fixierten den jeweils anderen und ich konnte den Schelm in ihm entdecken. Deutlich spürte ich das Knistern zwischen uns. Der besagte Funke war übergesprungen.

Das Pärchen war perplex, jedoch von meiner spontanen Begrüßungsaktion begeistert, sodass sie sich direkt für mich entschieden und die Formalitäten unverzüglich tätigten.

Unterdessen holte ich mir bei Mama und Papa gut gemeinte Ratschläge ein. Ich sog jedes einzelne Wort ein und versuchte es mir zu merken. Vielleicht war ich mir bewusst, dass dies unser letztes Gespräch sein würde und ich wollte es weder verkürzen noch Einzelheiten vergessen. Ich schaute Mama abwartend an. Ich unterbrach beide zu keinem Zeitpunkt.

Ich wusste, als Herr Steiner mit seinem mehrfach geflickten Fangnetz näher kam, dass der Abschied gekommen war. Mamas Augen weiteten sich und sie erschrak. Das zu sehen versetzte mir einen Stich ins Herz. Niemals wollte ich sie verletzen oder ihr Ängste bereiten. Schnell schnäbelte sie mich und Papa stupste mich an. Tapfer saß ich auf dem Geäst, während meine Eltern zum nächsten Baum flogen. Wacker ließ ich Herrn Steiner grinsend seine Arbeit verrichten und plumpste mit klopfendem Herzen in den mitgebrachten Schuhkarton.

Durch winzige Luftschlitze entdeckte ich meine Eltern. Zusammengekuschelt kauerten sie auf ihrem Lieblingsast. Mama rang mit den Tränen und schniefte leise. Papa versuchte sie zu trösten und kraulte zärtlich ihren Hals. Meine Schwestern saßen lediglich einen Ast entfernt. Ich spürte ihre Bestürzung um mich, oder war es meine eigene Furcht, die mich wanken ließ? Ihre fragenden Kulleraugen verfolgten die Szenerie. Mit offenen Schnäbeln knieten sie steif auf ihrem Platz und gaben keinen Laut von sich. Ruckartig stopfte ich meinen Schnabel in einen Spalt und zwitscherte ihnen aufmunternde Abschiedsfloskeln zu. Ich tröstete sie. Ich sagte ihnen, dass sie keine Furcht zu haben brauchten. In diesem Augenblick wusste ich, dass meine Worte mehr mir als ihnen galten. Mein Mut verkroch sich in die dunkelste Ecke meines Gefängnisses.

Mama piepste und ein Lächeln huschte über ihr liebreizendes Gesicht. Papa nickte mir zu. Ich deutete seine Geste als Zustimmung meiner getroffenen Wahl. Damit konnte und wollte ich vorerst leben. Inständig hoffte ich, dass sich alles Weitere ergeben würde.

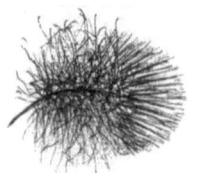

Und nun?

Angespannt liege ich im finsteren Inneren der kleinen Transportbox und warte. Ich verhalte mich mucksmäuschenstill. Ehrlich gepiepst, habe ich eine Heidenangst und Muffensausen. Ich kauere mutterseelenallein in dieser unangenehmen Schachtel auf einer Fahrt in das Ungewisse.

Zweifel kriechen wie Tentakeln in meine Seele und verwirren meinen kleinen Geist. Habe ich die richtige Entscheidung getroffen oder zu voreilig gehandelt? Mein Kopf brummt und droht zu zerplatzen, meine Gedanken kreisen wie in einem Karussell auf dem Rummelplatz.

Über diese aufkommenden Gefühle und die Furcht hatten die alten Wellensittiche oder gar meine Eltern nie gesprochen. Was hatten sie überhaupt gewusst? Verbrachten sie ihr Leben ausschließlich in der Voliere? Kannten sie die Welt da draußen eigentlich? Waren alle Gutenachtgeschichten nur Märchen für die Unwissenden unter uns gewesen? Fragen über Fragen schießen durch mein Gehirn und überschlagen sich.

Ich bin lediglich einen Wimpernschlag davon entfernt völlig durchzudrehen. Ich will zurück, schreit meine Psyche. Nach Hause, in meine vertraute Umgebung, um meine herzensgute Mama zu befragen, mich an sie zu schmiegen und mich trösten zu lassen.

Einer Ohnmacht nahe erreiche ich mein Ziel.

Langsam öffnet sich der Deckel meiner Kiste und ein Lichtstrahl trifft mein verheultes Gesicht. Ich blinzele. Eine kräftige Männerhand hebt mich sanft hoch und setzt mich in einen Käfig. Tief enttäuscht schaue ich mich um. Stocksteif sitze ich auf einem der wenigen Äste. Lediglich meine Augen rollen aufgeregt hin und her. Mein neues Heim ist mickrig. Kein Vergleich zum gewohnten Vogelhaus meiner unbeschwerten Kindheit.

Ich kauere in einem schäbigen Holzkäfig, niedrig und schmal, mit einer klitzekleinen Tür an der Seite. Niemals passt dort ein Mensch hindurch, dessen bin ich mir sicher. Sogar für mich scheint diese Pforte kümmerlich. Wo bin ich gelandet? Meine Träume platzen wie unreife Seifenblasen und verschwinden am Himmel. Fliegen ist hier unmöglich. Lediglich hopsen, von Stange zu Stange, das wird mir sofort bewusst. Ich entfalte meine Flügel und berühre sogleich auf der anderen Seite die Gitterstäbe. Enttäuscht schleiche ich in die hinterste Ecke und schmolle. Ich fühle mich wie Pechmarie, nur ohne Pech.

Drei Augenpaare starren mich unverblümt an. Die junge Frau quasselt auf mich ein und trotzdem finden ihre tröstenden Worte keinen Zugang zu meinem beleidigten Gehör. Ich muss mich konzentrieren, ermahne ich mich selbst. Der bärtige Mann lächelt und eine ältere adrette Dame steht wankend mit geöffnetem

15

Mund vor dem Käfig.

»Oma Martha«, flüstern sie ihr zu, »das ist unsere Überraschung für dich. Der Bursche ist jung, quick lebendig, aufdringlich und lustig zugleich.«

»Aber das ist Wahnsinn«, entgegnet Oma Martha kopfschüttelnd.

Stille entsteht. Unruhig hüpfe ich auf eine andere Stange.

»Was, wenn ich ihn nicht wieder in den Käfig bekomme?«, fragt sie mit gebrechlicher Stimme.

»Keine Angst. Er sieht gut genährt aus. Wenn der Hunger ihn übermannt, wird er den Weg finden«, versucht der Bärtige die kleine Oma zu beruhigen.

Verblüfft über den Dialog starre ich an mir herab. Wie hatte er das gemeint – gut genährt? Ich bin weder pummelig noch dick. Stattlich, wie mein verehrter Papa und adrett wie Mama. Was sollte diese unangebrachte Bemerkung über meinen Körperbau?

»Außerdem bist du nicht mehr allein und ihr könnt euch unterhalten«, höre ich die Frau verstohlen hinzufügen.

»Ich bin nicht allein, ich habe meine Freunde, auch hier im Haus. Irmchen zum Beispiel.«

Entrüstet über die Bemerkung schaut Oma Martha das Pärchen an und stemmt ihre Arme in die schmalen Hüften.

Deprimiert von dem Geschwafel wende ich mich ab. Ich stopfe meinen Schnabel unter meinen Flügel und versuche die neue Welt herum auszublenden. Es strengt mich an. Mein Akku ist leer und ich habe das dringende

Bedürfnis zu schlafen.

Gefühlte Stunden später wache ich schweißgebadet auf. Oma Martha ruht in einem Sessel und schnarcht. Vorsichtig, um Krach zu vermeiden, bewege ich mich langsam von meinem Platz. Meine Knochen knacken. Ich vermute, dass mein traumloser Schlaf unter totaler Anspannung meiner Muskulatur stattgefunden hat. Nach ein paar Dehnübungen fühle ich mich besser, bleibe aber dennoch lautlos. Ich beobachte die kleine Dame und beschließe Oma Martha und mir eine Chance zu geben.

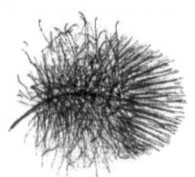

Zeitreisen

Die Tage vergehen und ich taue auf. Oma Martha ist liebreizend und großzügig. Sie füttert mich mehrmals täglich und erzählt mir Episoden aus ihrer Jugend. Seitenweise zeigt sie mir ihre Fotoalben mit den bereits vergilbten Bildern und ich muss gestehen, sie war ein hübsches Mädchen und später eine attraktive Frau. Meinem Vater hätte sie gefallen. Eine Perle der Natur, würde er behaupten und ihr dabei gekonnt mit einem Auge zuzwinkern. Es wäre um sie geschehen. Ich denke an Mama und ein Lächeln huscht über meine Wangen.

Wenn uns Irmchen, die Freundin von Oma Martha besucht, wird es amüsant. Aus dem alten Koffergrammofon erklingen Melodien von Mozart und Bach, je nach Laune der beiden Herrschaften. Dabei hübschen sie sich auf, als ob sie anschließend zu einer Tanzveranstaltung, von ebenfalls fein herausgeputzten Herren, abgeholt werden. Sie ziehen sich ihre makellosesten Kleider an, legen ein schlichtes Make-up auf, versprühen ein dezentes Parfum auf ihre Handgelenke und frisieren sich gegenseitig die ergrauten Haare zu aufwendigen Hochsteckfrisuren. Zum krönenden Abschluss öffnet Oma Martha behutsam ihre hölzerne Schmuckschatulle und die elegantesten

Ketten, Ohrringe, Broschen und Ringe kommen zum Vorschein. Oh, wie das glitzert und funkelt. Eine wahre Pracht.

Ich hasse diese unüberwindbaren Gitterstäbe, welche zwischen mir und dem bezaubernden Schmuck stehen. Bei diesem Anblick gehe ich mit mir einen Pakt ein. Sollte ich eines Tages diesen Käfig verlassen dürfen, dann werde ich einen Ausflug zum Schmuckkästchen unternehmen und den Inhalt auf Herz und Nieren prüfen. Stundenlang, das verspreche ich mir.

Während der Zeremonie lachen und kichern meine Grazien wie kleine Mädchen, die das erste Mal mit Jungs ausgehen wollen. Am Ende stehen sie gemeinsam händchenhaltend vor dem alten Wandspiegel im Flur. Sanft legt Irmchen ihren Kopf auf Oma Marthas zierliche Schulter.

»Dem Günther und Heinz würden wir gefallen«, höre ich Irmchen herzergreifend flüstern und verfolge wissbegierig ihren Wortwechsel.

Über Oma Marthas Wange rollt eine winzige Träne.

»Das stimmt«, seufzt Oma Martha. »Schade, dass sie nicht mehr bei uns sind. Ich würde gern noch einmal mit Heinz tanzen gehen und seinen Atem auf meiner Haut spüren.«

Ich schaue sie an und empfinde tiefes Mitgefühl. Sie lösen sich von ihren Erinnerungen und schreiten vornehm auf den kleinen Balkon. Schwungvoll greift Irmchen im Vorbeigehen meinen Käfig und hängt ihn gekonnt an einen Haken, welcher ursprünglich für eine

Hängepflanze gedacht war. Ich baumele oberhalb der geschlossenen Gesellschaft. Es ist der perfekte Ort. Ich habe alles in meinem unmittelbaren Sichtfeld und kann in die sorgfältig angelegten Vorgärten des Hauses blicken. Was für eine Aussicht! Das frische Grün der Bäume, Sträucher und Blumen fasziniert mich. Alles beginnt mit neuer Kraft zu wachsen. Die Sonne scheint und ich fühle mich wohl. Hoffentlich hänge ich öfter auf dem Balkon rum, das würde mir gefallen.

Das runde Tischlein ist bereits festlich gedeckt. Die mit einem Goldrand verzierten Sammeltassen und Teller schmücken ihn. Eine dicke Kerze brennt und eine üppige Blumenvase mit frischen roten Tulpen steht neben dem Sahnekännchen aus Kristall. Aus der Kaffeekanne strömt aromatischer Duft und Irmchen bittet höflich zu Tisch. Sie genießen das Leben und gönnen sich bereits am frühen Nachmittag ihren Eierlikör zum erwärmten Apfelstrudel mit Schlag.

Meine beiden Schönheiten scherzen mit mir, während ihre unversiegbaren Worte ununterbrochen aus ihren Mündern fließen.

Am Abend lümmelt sich Oma Martha mit ihrer Lieblingsdecke in den Sessel und sieht glücklich aus. Ich finde, wir hatten einen wundervollen Tag und meine beiden alten Mädchen waren eine Augenweide.

Nachdem ich mich am Hirsekolben gestärkt habe, falle ich erschöpft in einen traumlosen Halbschlaf.

Gelegentlich steckt Oma Martha ihre knochigen Zeigefinger zaghaft zwischen die Käfigstäbe. Ich husche hin, knabbere zärtlich daran und lasse mich anschließend von ihr ausgiebig kraulen. Mit meinem Zwitschern versuche ich ihr zusätzlich zu imponieren. Sie pfeift ein Liedchen und ich ahme es nach. Sie lacht und ihre unechten Zähne blinzeln mich an.

Bei Oma Martha lerne ich, dass die Menschlein einige seltsame Besitztümer haben. Abends nimmt sie ihr Gebiss aus dem Mund und legt es im Badezimmer in ein Wasserglas. Durch die eingeworfene Tablette sprudelt es vor sich hin und morgens setzt Oma Martha es wieder ein. Um die Prothese in die perfekte Stellung zu bekommen, klappert sie damit einige Sekunden herum.

»Jetzt sitzen die Dinger wieder«, pfeift Oma Martha vergnügt, beißt im nächsten Moment genüsslich in ihr Knäckebrot mit Erdbeermarmelade und grinst mich keck an.

Wir sind zu einer kleinen Familie zusammengewachsen. Allerdings meinem größten Wunsch – einmal Fliegen – hinke ich hinterher. Immer wieder recke und strecke ich mich, weite meine Flügel aus und trällere wundersame Melodien. Oma Martha schaut mich lediglich traurig an.

»Später, mein Schöner«, pflegt sie zu sagen und schleicht in die Küche, um im nächsten Augenblick mit einem Leckerli zum Trost zurückzukehren. Meine Käfigtür lässt sie weiterhin fest verschlossen. Obwohl ich niemals wegfliegen würde, verstehe ich ihre Sorge. Wohin auch? Diese Gegend ist für mich fremd und den Weg nach Hause finde ich ebenso wenig.

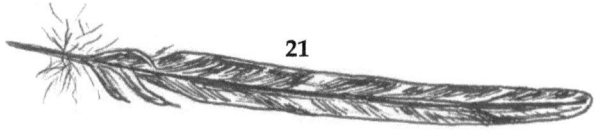

An einem Sonntag im Mai schellt es und ich schrecke hoch. Wer stört uns um diese Zeit? Oma Martha und ich nehmen es mit der täglichen Mittagsruhe ernst. Das sollte man wissen.

»Einen kleinen Moment«, ruft Oma Martha, wirft sich den blumigen Morgenmantel über und trottet schlaftrunken in den Flur.

»Hallo Oma Martha, hallo Vogel.«

Eine mir bekannte männliche Stimme begrüßt uns.

»Hallo mein Junge. Wen hast du mitgebracht?«, fragt sie irritiert und schüttelt den eintretenden Kindern die Hände. Sofort erinnere ich mich an die Besuche bei Herrn Steiner.

»Das sind Anja und Paul. Nichte und Neffe von Sandra«, antwortet er. »Erinnerst du dich? Ich habe dir von ihnen erzählt.«

»Ja, ja. Kommt rein!«

Oma Martha winkt sie in unser gemütliches Heim. Kaum erblicken mich die Kinder, stürzen sie sich auf mich, wie Wölfe auf ein junges Reh. Erschrocken weiche ich ein Stück zurück und piepse.

»Oh, ist er putzig«, sagt das Mädchen und ihre Zöpfe wippen auf und ab, während sie mich anstarrt.

Putzig? Das waren vielleicht meine Schwestern oder Mama, als sie jünger war. Aber ich? Welche Dreistigkeit!

»Wie heißt er?«, will der picklige Junge wissen.

»Er hat noch keinen Namen. Ich bin am überlegen, ob ich ihn behalte oder zurückgeben soll«, murmelt Oma Martha und blickt verstohlen in meine Richtung.

»Piep?«

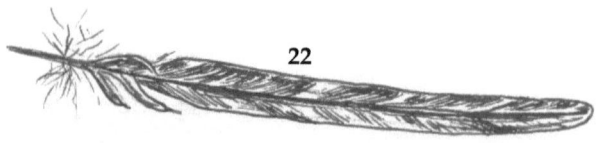

Wie behalten oder zurückgeben? Ich glaube, ich höre schwer. Ich gebe mir anhaltend die größte Mühe und sie zweifelt nach wie vor? Mein Papa hat mir Unzähliges beigebracht und von Geduld habe ich bereits gehört, aber das geht zu weit. Hier hört die Freundschaft auf. Ich bin für Selbstbestimmung und bestimme, ich bleibe da! Basta!

»Hast du ihn schon fliegen lassen?«, fragt Jürgen, mein bärtiger Freund und erstickt damit meine Argumente.

»Nein«, verteidigt sich Oma Martha. »Ich habe Angst, dass er wegfliegt oder die Rückkehr in den Käfig verweigert.«

Sie macht einen weiteren unsicheren Schritt auf mich zu. Mein böser Blick verfolgt sie.

»Aber ich glaube, er will. Wenn ich vor dem Käfig stehe und mit ihm erzähle, flattert er andauernd aufgeregt mit seinen Flügeln.«

Meine Avancen hatte sie also verstanden. Gutes altes Mädchen! Nun hör auf Quatsch zu erzählen. Unser Leben ist lebendig, lustig und … Na ja, das mit dem Fliegen müssen wir bei passender Gelegenheit ausdiskutieren, da sind einige Wörter unausgesprochen.

»Nehmt ihn mit!«, höre ich Oma Martha mit zittriger Stimme sagen. »Ihr Kinder passt besser auf ihn auf. Außerdem könnt ihr mit ihm spielen. Ich bin zu besorgt und zu alt.«

Mein Schnabel klappt runter. Ich bin baff. Das will sie mir antun? Ich gehöre zu ihr und sie zu mir. Ich trete in den Streik, in den Hungerstreik. Okay, hungern ist eine

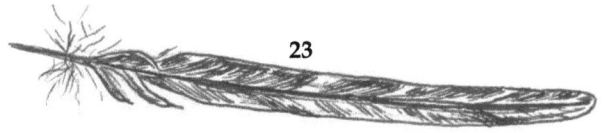

23

schlechte Idee, aber Streik, jawohl Streik! Wo sind meine Banner, Plakate und Mitstreiter? Wo sind meine Schwestern, wenn ich sie dringend brauche? Unruhig hüpfe ich in meinem Käfig herum und versuche mir eine Strategie zu überlegen. Ich bin kompromissbereit, also lasst uns reden!

»Piep, piep«, zwitschere ich ihnen aufgeregt zu, dennoch überhören sie mich.

»Jürgen, bitte. Wir machen das. Bitte!«, grölen die Kinder.

Dann geht es erneut schnell. Meine wenigen Habseligkeiten – Futter, Hirsekolben, Sand – und ich werden unverzüglich eingepackt. Die Abreise in einem Karton bleibt mir erspart. Meine anfängliche Abneigung verliert den Kampf mit meiner Neugier. Ich krame in den fast vergessenen Schubkästen in meinem Gehirn und suche nach Papas Worten. Was sollte ich in neuen Situationen machen? Es kribbelt in meinen Zehen und meine Augen rollen, als würde ich jeden Moment kollabieren. Ich hab es! Positiv denken und optimistisch sein. Das wären seine Worte. Ich fühle es genau, augenblicklich beginnt das Abenteuer meines Lebens.

Ein letztes Mal zwicke ich Oma Martha in den Zeigefinger. Sie schäkert und krault liebevoll meinen Kopf. Zum Abschied pfeife ich lauthals unser Lied. Oma Martha schmunzelt, winkt mir unsicher zu und wischt sich den Tränenfluss von ihren Wangen.

Im Nachhinein bin ich ihr dankbar dafür, dass sie damals ängstlich war. Sie hat mir dadurch ein erfülltes und glückliches Leben ermöglicht.

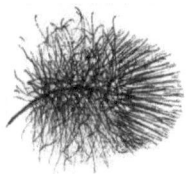

Daheim

Ich stehe kurz vor einem Zusammenbruch. Ich könnte ausflippen, wenn ich daran denke, dass ich bald wieder fliegen kann. Mein Herz pocht bis in die Schläfen. Ich verspüre keine Angst, sondern absolute Ungeduld und Neugier. Meine Anspannung steigt mit jeder weiteren Minute, welche wie im Zeitlupentempo zu vergehen scheint.

Jürgen bringt uns nach Hause. Ich finde, das ist das Mindeste, was er tun kann. Seinetwegen ertrage ich die Strapazen. Mir scheint, als würden sich unsere Wege im Leben mehr als nur zweimal kreuzen. Ich sollte bei ihm auf der Hut sein.

Mit dem Fahrstuhl geht es in den 5. Stock. Die Mutter, welche ich später gerne Mutsch nenne, öffnet uns erwartungsvoll die Tür. Paul trägt meinen Käfig schwungvoll in das Kinderzimmer und stellt ihn auf der Fensterbank ab. Auf wundersame Weise eröffnet sich mir eine Welt, welche ich bis dato kaum für möglich gehalten hätte. Mir scheint, dass mein Horizont in der Vogelvoliere leicht getrübt und klein war. Von hier oben kann ich weit blicken und unermesslich mehr sehen, als ich jemals geahnt hatte. Wie schön muss es erst im fernen Australien sein? Was für eine Aussicht. Vor dem

Haus ist ein gigantischer Platz mit einem plätschernden Springbrunnen aus bunten Mosaiksteinen. Daneben entdecke ich eine Menschentraube, welche an der Haltestelle auf die nächste Straßenbahn wartet. Ringsherum gibt es riesige Wohnhäuser.

Paul erklärt mir, dass wir in einem Zehnerblock wohnen, genau in der Mitte. Ich lasse meine Augen ihre Arbeit machen und erspähe einen See in unserer Nähe. Ich kann aus dieser Entfernung das Wasser glitzern sehen. Wie schön.

»Ihr könnt ihn aber nicht gleich fliegen lassen«, höre ich Jürgen zu den Kindern sagen. »Er muss sich erst an euch und die Umgebung gewöhnen.«

Dieser Satz explodiert in meinem Gehirn wie ein unvorhersehbares Sommergewitter. Das ist weder fair noch mit mir abgesprochen. Dann hätte ich weiterhin bei Oma Martha hausen können. Aber das hier ist definitiv ein schlechtes Déjà-vu. Ich finde, dieser Jürgen übertreibt gewaltig. Lange genug habe ich in meinem Gefängnis gesessen. Lasst mich raus!

Um meine Ablehnung zu verdeutlichen, flattere ich aufgeregt mit meinen Flügeln und schreie ungehalten los.

»Piep, piep, piep.«

Erschrocken glotzen sie mich an. Jürgen tippt sich an die Stirn und schüttelt verständnislos seinen Kopf.

»Das stimmt. Einen Tag wird er aushalten müssen«, mahnt Mutsch in die Runde.

Nein, nein und nochmals nein. Sind denn alle verrückt geworden? Ich halte das keinen Tag länger aus. Öffnet mir sofort und unverzüglich diese verdammte Tür. Mein

Geschrei verwandelt sich in einen ohrenbetäubenden Lärm. Ich schnappe empört nach Luft und stelle fest, dass sich meine Stimme verweigert und ich krächze meinen Protest in die Atmosphäre.

»Er tut mir leid«, versucht Paul zu überzeugen.

»Wie lange ist sein letzter Flug her? Vielleicht hat er es längst verlernt.«

Was? Verlernt? Mir wird schlecht. Meine Muskulatur versagt mir ihren Dienst und ich sacke in mich zusammen. Hören diese Katastrophen in meinem Leben nie auf? Meine Atmung hat sich verabschiedet und ich japse wie Irmchen nach einem flotten Tänzchen.

»Wie ihr meint. Ich sage nur ...«, warnt Jürgen die Kinder und zeigt hinter meinen Käfig.

Schlagartig drehe ich mich um und sehe ... nichts! Was meint er? Ach, egal. Er wird niemals mein Freund. Das ist beschlossene Sache und unumkehrbar.

»Ich glaube, er wird es überleben und lernen. Anja, öffne ihm die Käfigtür!«

Mutsch schiebt sie vorwärts und zwinkert mich an. Was zum Kuckuck geschieht? Was meinen diese Fremden? Sie nicken, ich auch. Das Mädchen kommt schüchtern auf mich zu und entriegelt vorsichtig die Tür. Zaghaft hüpfe ich auf die vordere Stange. Bevor sie es sich anders überlegen können, starte ich wie ein Blitz durch. Endlich. Es fühlt sich heilsam an. Meine Brust weitet sich, meine Flügel dehnen sich aus und ich gleite dahin. Glücklich schließe ich meine Augen. Von wegen, vergessen! Ich lache mich schlapp! Ich mache meinem Papa alle Ehre. Ich fabriziere eine riskante Kurve,

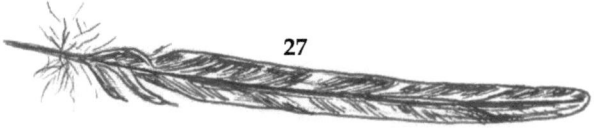

verliere die Orientierung und dann spüre ich einen heftigen Schlag ins Gesicht. Meine Ohren vernehmen einen lauten Knall, ich trudele herab und lande unsanft auf dem Fußboden. Verdutzt schaue ich mich um. Was war passiert? Das muss ich prüfen. Ich starte erneut und ziehe einen größeren Kreis. Da sind die Wolken und die Sonne. Peng! Wieder peitscht es an meinen Kopf und ich liege binnen Sekunden unten. Verdammt! Ist das Zauberei? Offenbar muss ich mich besser konzentrieren und genau hinsehen. Ich beschließe ein Stück über den Teppich zu laufen und hebe ab Richtung Vogelbauer. Rums! Wie ein Maikäfer zappele ich rücklinks auf dem Käfigdach und starre die weiße Zimmerdecke an. Mir dröhnt mein Kopf und ich kann diese Karambolage nicht nachvollziehen, trotzdem bin ich zufrieden. Mein erster Ausflug seit Wochen. Diese Glückseligkeit kann mir niemand nehmen.

»Fensterscheibe, sagte ich bereits.«

Jürgen tippt mit seinem Zeigefinger hinter meinen Vogelkäfig und ich höre ein leises Klopfen. Fensterscheibe? Behutsam und mit größter Vorsicht stolpere ich auf dem Dach bis zur Kante und ahme Jürgens Bewegung mit meiner schmerzenden Schnabelspitze nach. Erneut klopft es. Ich kneife meine Augen zusammen, meine Pupillen stellen sich auf scharf und dann sehe ich es ebenfalls. Fast unsichtbar steht eine Mauer direkt vor mir. Ich lasse meinen Blick schweifen. Überall entdecke ich diese sogenannte Fensterscheibe. Aha, verstanden! Das ist ein kleines Problem. Aber eines, welches es zu überwinden gilt.

Doch dieser erste Flug war jeden Schmerz wert.

»Paul, wie soll er heißen? Hast du eine Idee?«

Anja sitzt auf dem Teppich und knabbert dabei nervös auf ihrer Unterlippe.

»Nö«, antwortet er knapp.

»Er war mutig. Und er hat es sofort wieder probiert. Dreimal die Scheibe getroffen, geht noch. Ich denke, er hat es kapiert.«

Fragend schaut sie ihren Bruder an.

»Glaube ich auch. Diese Lektion hat er verstanden.«

»Er tut mir leid. Es hat gerumst. Er hat bestimmt Kopfschmerzen.«

Anja schaut mich fragend an.

»Ach, er ist ein Stehaufmännchen.« Paul winkt ab.

»Wie bei Tom und Jerry. Du weißt doch, die Trickfilme.«

»Genau«, stimmt Anja ihm zu.

»Jerry. Wie findest du den Namen Jerry?«

Paul sieht seine Schwester mit leuchtenden Augen an.

»Ja, Jerry. Das ist gut. Der passt zu ihm. Komm! Das erzählen wir Mutsch!«

Gleichzeitig springen sie auf und verschwinden aus meinem Sichtfeld. Verdutzt schaue ich hinterher. Wenn ich das richtig verstanden habe, heiße ich ab sofort Jerry. Langsam versuche ich den Namen auszusprechen:

»J – E – R – R – Y.«

Klingt gut, hört sich außergewöhnlich an und ich kann ihn mir merken. Abgemacht brülle ich ihnen hinterher.

Eine angenehme Wärme erfüllt mich. Ich bin endlich angekommen. In meinem neuen Nest.

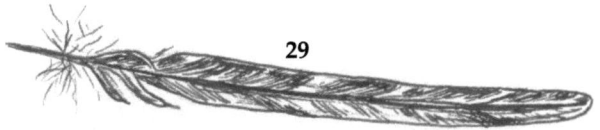

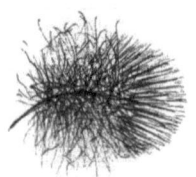

Versteckspielen

Manchmal fühle ich mich wie in einer Haftanstalt. Mein Bewegungsdrang wird derart eingeschränkt, sodass ich beleidigt sein könnte. Immer wenn das Heim menschenleer ist, muss ich im Kinderzimmer bleiben. Der Rest unserer Wohnung ist für mich tabu. Meine mir angetrauten Familienmitglieder sind der festen Überzeugung, dass ich Unsinn anstelle, wenn sie außer Haus sind. Dabei ist das gelogen! Was kann ich dafür, wenn eine Kaffeetasse sofort zerbricht, wenn sie vom Küchenschrank fällt? Das liegt am schlechten Material. Diese Keramik ist zu anfällig. Zugegeben, der Aufprall klingt für mein persönliches Empfinden herrlich – klirr, klirr, klirr. Beim gewöhnlichen Alltagsbesteck klappt es. Der Teelöffel bleibt ein funktionstüchtiger Löffel, auch wenn er mehr als einen Meter in die Tiefe stürzt. Oder mein grüner Ball, er ist bereits unzählige Male runtergefallen und funktioniert weiterhin tadellos. Kurzum, ich probiere mich aus und erkunde meine Umgebung. »Piep.«

Ein überaus lustiges Spiel veranstalten wir allerdings fast jeden Morgen. Es ist unser Ritual. Ich liebe es. Da weiß ich, was ich habe und was auf mich drauf zukommt. Ich merke genau, wenn es losgeht.

Die müden Kinder ziehen lustlos ihre Turnschuhe und Jacken an und sprechen mit sanfter und extra einstudierter, betörender Stimme zu mir. Sie wünschen mir einen angenehmen Tag und sagen, ich soll anständig sein. Ich hingegen setze mich genau dann auf die Kinderzimmertür und warte friedlich ab. Natürlich möchte mir keiner von ihnen meine niedlichen Füße einklemmen und deshalb versuchen sie mich zu vertreiben. Manchmal locken sie mit einem leckeren Hirsekolben – da kann ich kaum widerstehen, fliege geschwind zum Käfig zurück und knabbere los. Unglaublich schnell flitzen sie, wie zwei ausgebrochene Irre, zurück zur Tür und schließen diese.

Freilich durchschaue ich ihre einstudierten Tricks und es wird für sie schwieriger. Es kommt also vor, dass ich stocksteif sitzen bleibe und sie fröhlich mit meinem Morgengruß anzwitschere. Aber anstatt mir zu antworten, versuchen die Sprösslinge mich fortzujagen. Dabei hüpfen sie wie ein Gummiball hoch und fuchteln mit den Händen vor mir hin und her. Ich stolziere gemächlich über die Handrücken hinweg, lege meinen Kopf lässig schief, piepse ihnen zu und tue, als würde ich kein Wort verstehen. Mitunter betteln sie, dass ich endlich verschwinde oder geben aus Zeitnot auf. Das ist ein Punkt für mich.

Ein praktikables Rollbett verleiht unserer Bude den Charme einer Einraumwohnung. Dieses Wunderwerk des menschlichen Erfindergeistes spart am Tag Platz und in der Nacht stehen zwei durchaus gemütliche Schlafkojen zur Verfügung.

Paul ist jedoch gelegentlich charakterlos. Er erzählt seiner Schwester, dass unter seinem Bett, das ist selbstverständlich das Obere, Monster, Schlangen und Spinnen wohnen. Na ja, letztere erwähnte Lebewesen konnte ich des Öfteren beobachten. Die gibt es wahrhaftig. Ab und zu spiele ich mit einer langbeinigen Spinne und renne um sie herum. Sie versucht wegzulaufen, aber ich bin schnell und pikse sie mit meinem Schnabel mehrfach an. Schlaue Krabbeltiere rennen zur Wand und diese blitzschnell hoch. Diese Aktivität ist leider das Ende meines Zeitvertreibes. Hier kann ich kaum mithalten. Doofe Spielverderber!

Auf jeden Fall ärgert Paul Anja bedenkenlos und ihr wird zunehmend bange. Sie nimmt ihre Bettdecke und stopft damit den winzigen, kaum sichtbaren Spalt zwischen beiden Bettlagern zu. Sie ist schlau, doch ohne Zudecke friert sie und ein erholsamer Schlaf rückt in weite Ferne. Ein verfluchter Teufelskreis. Da lobe ich mir meine Federn. Stets parat und zur Stelle. Entweder wärmen oder kühlen sie mich.

Direkt neben dem Bett an der Wand hat Vater uns eine H0-Eisenbahnplatte montiert. Somit können wir sie bequem loslösen und auf dem Bett ablegen. Sie ist gewaltig.

Abends, wenn die Plastikhäuser beleuchtet werden, sieht die Landschaft mit den verzweigten Schienen, dem Eisenbahntunnel und den überreichlichen Kleinigkeiten entzückend aus. Dann spaziere ich wie ein König durch meine Ländereien und begrüße hier und da meine aufgeklebten Untertanen und ihr Getier.

Unsere Verwandten schenken Paul zu Weihnachten neue Häuser- oder Tiersets. Spätestens am nächsten Tag basteln und kleben wir. Ich stibitze Bauteile aus den Plastiktüten und lege sie vor Paul ab. Flugs lobt er mich und ich flattere vor Aufregung mit meinen Flügeln. Das ist meine Art, ihm meine Begeisterung zu zeigen. Der Klebstoff, dieser Spitzbube ist gefährlich. Einmal falsch angepackt und er haftet an einem fest. Meine Schnabelspitze kann darüber Geschichten erzählen. Wir werkeln bis in die Nacht und fallen matt, aber zufrieden ins Nest.

Wenn mich die Lust überkommt, setze ich mich auf einen Zug und fahre Runde für Runde mit. Das ist amüsant. Manchmal laufe ich und kippe die winzigen Bäume mit einem leichten Fußtritt um oder verpasse den Menschlein einen Schnabelstubser. Eine Leichtigkeit!

Auf dem Kleiderschrank stehen drei alte, meist leicht eingestaubte Holzboote. Jemand hat sie vor langer Zeit mit massenhafter Liebe zum Detail gebaut. Sie besitzen mehrere Segel, Kanonen, Anker, Taue, Flaggen, verschiedene Wappen und Krähennester. Ein Segelschiff trägt den Namen „Hansa-Kogge" und unterstützte in der Vergangenheit vor allem den Handel. Das etwas größere Hanseschiff „Bunte Kuh" diente als eines der Führungsschiffe der hansischen Flotte im Jahre 1401 beim Angriff gegen den Seeräuber Klaus Störtebeker. Eine Galionsfigur in Form eines böse blickenden Bullenkopfes ziert zum Schutz des Schiffes und sicherlich als Abschreckung den Bug. Als ich sie das erste Mal sah, quickte ich wie ein Ferkelchen auf. Nur das kleinste Schiff bekam keinen Namen mehr ab. Deshalb habe ich mir überlegt, an diesem, ebenfalls bunt verzierten Schiff eine schwarze, hübsche Schwanzfeder festzustecken. Gedacht, getan, gekennzeichnet. Ab sofort ist es das „Jerry-Schiff" und ich bin der Kapitän.

»Piep.«

Ich mag es zwischen den Schiffen zu stolzieren und sie zu betrachten. Ob sie im Wasser schwimmen? Dann könnte ich mich auf das Deck stellen und Kommandos geben. Leider fällt mir dahingehend die Kommunikation zur Familie schwer. Es ist ein Ort zum Träumen – von Piraten, dem weiten Meer mit seinen unbändigen Stürmen und unzähligen Abenteuern. Das würde mir gefallen. Einmal Australien sehen und meine Verwandten besuchen.

Genau hier ist der ideale Platz, um sich zu verstecken. Wenn die Kinder nachmittags erschöpft aus der Schule kommen und die Tür öffnen, erwarten sie mein lautes Geschrei und Gezeter. Normalerweise nervt sie mein ohrenbetäubender Lärm und zeigt ihnen, dass ich sofort und unverzüglich aus dem Kinderzimmergefängnis raus will. Heute bin ich mucksmäuschenstill. Kein Pieps, kein Flattern oder irgendein anderer Laut verlässt den Raum. Im Gegenteil, blitzschnell schleiche ich zu einem der Boote und suche mir ein Versteck aus. Meinen Gedanken an den Schiffsrumpf verwerfe ich und entscheide mich für das gespannte Segeltuch.

Wie erwartet, stürzen die niedergeschlagenen Kinder prompt ins Zimmer und erwarten ein Desaster oder die absolute Katastrophe. Doch sie erblicken nichts! Alles ist wie am Morgen, nur geheimnisvoller, einsamer und ohne Jerry.

In der bedrückenden Stille höre ich lediglich das schneller werdende Atmen und die wild klopfenden Kinderherzen. Pure Angst steigt in ihnen auf. Die einzelnen Glieder spannen sich an, die Köpfe beginnen zu hämmern und Schweißperlen treten stoßweise aus der Haut und tropfen von den Stirnen. Mit weit aufgerissenen, misstrauischen Augen suchen sie die Umgebung vergeblich nach mir ab.

»Jerry, wo bist du?«, hallt es.

Ich bin eine Statur, atme flach und verkneife mir ein Zwitschern.

»Jerry, wo bist du?«

Eine Wohltat für meine Seele und meinen kindlichen Charakter.

Als wären sie erfahrene Tiger, schleichen sie über die Teppichsavanne. Sanft und behutsam, um niemanden zu verletzen. Ihre müden Pupillen stellen sich scharf, wie bei einem Adler auf Beutejagd.

»Jerry, zeig dich!«, befehlen sie mit ernster Stimme.

Besonnen bewege ich meinen Kopf und linse mit einem Auge hinter dem Segel hervor. Ich sehe, dass sie sich bücken und den Fußboden betrachten, die Blumentöpfe auf der Fensterbank behutsam verschieben und im Vogelbauer in der hintersten Ecke nachsehen. Sie drehen sich einmal um ihre eigenen Achsen und blicken zur Lampe. Dort sitze ich gern.

»Jerry, piepe mal«, fordern sie mich auf.

Langsam werden sie ungeduldig und nervös. Ich

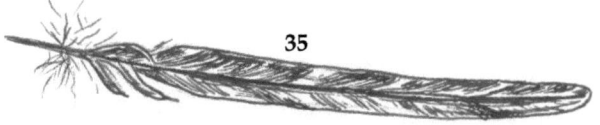

35

spüre das, es geht mir genauso. Meine Füße fangen an zu jucken. Auf der Stelle stehen fällt mir schwer. Aufgeregt zucken meine Flügel. Diese angespannte Position macht mich fertig.

»Jerry, piepe mal«, betteln sie mich erneut an.

Ein leises, flüchtiges »Piep« entspringt meiner Kehle, rollt über die Zunge und verlässt ungewollt meinen Schnabel.

Ruckartig schnellen die Kinderköpfe hoch und spähen in Richtung Schiffe. Gerade noch rechtzeitig kann ich meinen zittrigen Kopf zurückziehen. Mein Herz beginnt wild zu pochen.

»Jerry, wir sehen dich«, sanfte Töne erklingen.

»Jerry, wir haben dich gefunden.«

Das ist mein Zeichen. Ich springe hervor und in diesem Augenblick zeigen die Kinder erleichtert auf mich.

»Da bist du ja! Da bist du ja!«

Automatisch fangen meine Flügel vor Entzücken heftig an zu flattern. Ohne abzuheben stehe ich neben dem Boot und freue mich – auf meine Art.

»Oh, er ist süß, wenn er das macht«, schwärmt Anja.

Paul nickt. Aufgewühlt flattere ich flotter.

»Das war ein sehr gutes Versteck«, loben sie mich und ich stimme ihnen zwitschernd zu.

Ich fliege zu ihnen und wir belohnen uns gegenseitig mit feuchten Küsschen. Ein fantastisches Kinderspiel.

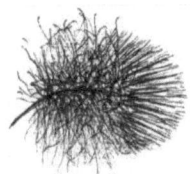

Wettlauf gegen die Zeit

Rumtollen und Toben ist für uns Kinder das Wichtigste überhaupt im Leben und das ist gut so. Natürlich ist mir bewusst, dass Anja und Paul die Menschenkinder unter uns sind und ich der possierliche, nette Wellensittich, aber das spielt ernsthaft in unserer Familie nur eine untergeordnete Rolle. Ehrlich!

Unbekümmert klöne ich auf der Kinderzimmerlampe und erzähle mit dem Clown, der steif in der Mitte hockt. Er ist aus Holz, bunt bemalt und kann nach Belieben gedreht werden. Ein wenig habe ich ihn bereits angeknabbert. Ab und an füttere ich ihn. An seinen Hut oder in sein grinsendes Gesicht klebe ich meine Körner fest. Wie aufgequollene Pickel schaut es aus. Um die ewige Langeweile zu vertreiben stelle ich mir vor, der Spaßmacher ist lebendig. Ich trällere ein Lied, verstelle anschließend meine zarte Vogelstimme und antworte menschlich für ihn.

»Piep, piep, piep«, meine wundervollsten Melodien erklingen.

»Böser Jerry, böser Jerry«, sagt daraufhin der Narr schroff.

Ich hüpfe auf meinen Ausgangspunkt zurück und blinzle ihn feurig an.

»Piep, piep«, antworte ich erbost und plustere mehrfach mein Federkleid auf, sodass ich doppelt so dick auf ihn wirken muss.

Eine kurze Denkerpause entsteht. Sacht hopse ich an seine Seite und rufe als Schelm getarnt: »Böser du, komm!«

Entrüstet über seine Worte, stelle ich mich an den Rand der Lampe, meine Wellensittichbrust schwillt an, ich schließe die Augen und belle laut: »Wau, wau.«

Der Clown ist geschockt und erstarrt. Er versucht meinem Hundeblick auszuweichen. Um meiner aufkommenden Wut mehr Ausdruck zu verleihen, wiederhole ich mich in tieferer Tonlage.

»Wau, wau.«

Wie ein Wiesel schleiche ich zu ihm. Mit zaghafter, zittriger Stimme ruft der Possenreißer um Hilfe.

»Paul, Anja.«

Niemand eilt herein. Ich habe gewonnen. Juhu!

»Jerry, was machst du? Erzählst du etwa mit dem Clowni?«

Erschrocken starre ich zur Tür. Paul hat sich an den Rahmen gelehnt und grinst mich frech an.

»Bist du jetzt ein Hund geworden?«, fragt er und zieht eine Augenbraue hoch.

Ups, da hat mich wohl jemand gehört? Wenn meine Federn die Farbe wechseln könnten, würden sie augenblicklich garantiert purpurrot anlaufen.

»Jerry, komm! Lass uns spielen!«, fordert er mich auf.

Geschwind verabschiede ich mich von meinem Busenfreund und lande auf Pauls Schulter. Schnell ein Küsschen auf die warme Wange und das Ohrläppchen gezwickt. Dann kann es losgehen. Ich bin bereit.

»Piep.«

Paul schnappt sich die Stoppuhr vom Regal und ruft Anja. Oh, in diesem Augenblick weiß ich genau, was wir anstellen.

Unser Flur ist lang, ungefähr sieben Meter, schätze ich. Diesen als Wellensittich zu laufen ist eine enorme Herausforderung. Der dunkelrote Teppich hat zarte gelbe Striche, welche an einen Sportplatz mit vorgezeichneten Bahnen erinnern. Vielleicht sind wir genau deshalb auf diesen Zeitvertreib gekommen. Ich erinnere mich schwach daran.

In der Schule müssen alle Kinder an Sportwettkämpfen teilnehmen, ob sie wollen oder nicht, meistens wollen sie nicht. Jedoch ist es eine Pflichtveranstaltung. Sprint, Weitsprung, Kugelstoßen, Ausdauerlauf und weitere körperliche Anstrengungen stehen auf dem verhassten Ablaufplan. Die besten drei Schüler je Kategorie erhalten am Ende des Tages Auszeichnungen in Bronze, Silber und Gold. Freilich sind die Anhänger unecht, aber sie glitzern und das wiederum liebe ich. Einige Exemplare davon liegen bei uns in der Kramkiste. Zugegeben, ich habe die jeweiligen Sportarten vergessen, bei welchen sie errungen wurden, aber ich bin fest davon überzeugt, dass es die Kinder genauso wenig wissen. Nichtsdestotrotz sind sie für unsere Zwecke hervorragend geeignet.

Wie an einer Startlinie positioniere ich mich an einem Ende des Flures, direkt am Übergang zum Wohnzimmer und warte auf das Signal. Paul steht gebückt vor mir. In seiner Hand hält er das Band der Medaille, welche locker auf dem Teppich liegt. Anja umfasst die alte Stoppuhr. Nur der Vollständigkeit halber möchte ich erwähnen, dass dieses Einzelstück silbrig glänzt und meine Aufmerksamkeit ebenso erregt. Von drei zählt Anja langsam runter bis auf eins.

»Los!«, brüllt sie mich an.

Paul bewegt sich rückwärts und zieht die Medaille über den Boden. Darauf habe ich gewartet, das ist mein Befehl. Ich sprinte hinterher. Ich renne, achte darauf in der Bahn zu bleiben und versuche die Medaille einzuholen. Paul wird anhaltend schneller. Beharrlich bleibe ich dran. An der Wohnungstür angelangt, macht er eine gekonnte Kehrtwende und es geht wieder zurück Richtung Start. Anja feuert mich unterdessen an.

»Los Jerry, los! Du schaffst das.«

Erfreut klatscht sie in die Hände.

Ihre Rufe spornen mich an. Das Adrenalin schießt durch meinen winzigen Körper. Die gewonnene Energie macht mich stark und ich laufe als würde es kein Morgen geben. Ich fabriziere eine riskante Kurve, stolpere ungewollt über meine Füße und renne ebenfalls zurück. Fliegen ist keine Option für mich, das ist Schummeln und ich wäre unverzüglich disqualifiziert. Alles eine Frage der Ehre. Den Blick stets nach vorn gerichtet, haften meine Augen fest auf der Medaille. Bald habe ich sie eingeholt und dann wird ... geschmust.

Das Bad, die Küche und unser Kinderzimmer lasse ich hinter mir. Nur noch belanglose Zentimeter trennen mich vom Ziel. Anja jubelt mir zu.

»Ja, Jerry. Gleich hast du sie.«

Wie im Rausch höre ich ihre Stimme. Jetzt, genau in diesem Moment schlägt mein Schnabel zu. Ich tippe das Metall an und überschreite die Ziellinie. Geschafft! Paul lässt das Band endgültig los und ich stürze mich auf sie. Oh, wie toll sie glitzert. Ich finde, sie hat eine Belohnung verdient. Ich überhäufe sie mit meinen Küssen inniger Zuneigung.

»Sieh dir das an! Jerry war viel schneller als gestern.«

Anja zeigt Paul die Stoppuhr.

»Wahnsinn. Jerry scheint wirklich seine Gaudi dabei zu haben.« Paul nickt anerkennend.

»Piep, piep«, trällere ich zustimmend und schnäbele weiter auf meiner Liebsten.

Die Kinderblicke treffen sich und sie lachen.

Klar gefällt mir das Spiel, sonst würde ich mich allein beim Anblick der Uhr davonmachen und verstecken.

Anja reicht mir ihre Hand und ich springe auf. Langsam normalisiert sich mein Herzschlag und meine Atmung findet zum richtigen Rhythmus zurück. Sie verpasst mir einen Schmatzer auf die Nase und krault zärtlich meinen Kopf. Ich liebe es. Das ist mein Hauptgewinn, unbezahlbar.

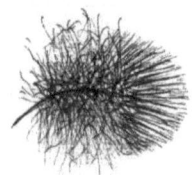

Heiße Füße

Diese Bande! Mein Käfig steht seit gestern Abend im Küchenfenster. Ich bin durch eine weiße Babydecke mit einem Muster aus kleinen blauen Schnullern, Kinderwagen und Bällen von der Außenwelt abgeschirmt. Warme Sonnenstrahlen dringen durch die Glasscheibe, aber sie erreichen mich nicht. Meine Geduld neigt sich dem Ende zu. Jetzt ist Schluss mit Ausschlafen! Wenn kuscheln, dann will ich dabei sein!

Abwechselnd rufe ich: »Jerry, komm. Anja. Böser du. Paul.«

Meine wenigen menschlichen Wörter umrahme ich mit Pfiffen und Hundegebell. Papageien lernen sicherlich schneller und genügend Wörter, aber für meine Zwecke reicht das Vokabular völlig aus. Das Kläffen gefällt mir dabei außerordentlich gut. Die Tonlage habe ich von meinem Freund, dem Schäferhund gelernt. Täglich beobachte ich ihn, wie er mit seinem älteren Herrchen vor unserem Haus spazieren geht. Treffen die beiden Gesellen auf andere Vierbeiner, meist Pudel oder Cocker Spaniel, bellt mein Kumpel fürchterlich los. Bis jetzt ist ihm jeder aus dem Weg gegangen. Das Herrchen schreit zusätzlich und zerrt an der kurzen Leine. Folglich winselt der Kläffer und gibt endlich Ruhe. Komische Art sich zu begrüßen.

Mit geschlossenen Augen schleicht Anja zu mir und öffnet die Käfigtür. Anstandslos reicht sie mir ihre Hand. Ein gutes Mädchen. Ich fliege zur Schulter und sie bekommt ein Morgenküsschen.

»Danke, Jerry«, murmelt sie und wischt sich mit dem Handrücken über die Wange.

Wir trotten zurück ins warme Bett und ich kuschle mich an ihren Hals. Das gefällt mir und wir schlafen weiter.

Die Zeit vergeht rasend schnell und das feine Bukett von Nudelsuppe krabbelt durch meine Nasenlöcher bis in mein Geruchszentrum oder ist es das Gehirn? Spontan erwache ich aus meiner Lethargie. Ich vergöttere Nudeln.

Vor ein paar Wochen mopste ich mir Spaghetti mit Tomatensoße vom Teller. Die Nudel war extrem lang, sodass die rote Soße durch die Luft spritzte, bevor sie mit einem Flupp in meinem Schnabel versank. Danach sah ich aus, als hätte ich die Masern. Überall hatte ich Punkte, auf dem Kopf, auf meiner Brust und bis auf meinen Rücken flogen die roten Tröpfchen und fraßen sich fest. Sogar nach ausgiebigen Putzen blieben die Flecken. Ausreißen wollte ich die Federn allerdings nicht, also blieb mir nur das ungeduldige Abwarten auf die natürliche Mauser.

Mutsch steht in der Küche und bereitet das Mittagessen zu. Dabei sein ist alles, also fliege ich hin. Im Topf blubbert es. Immer, wenn Mutsch einen Löffel nehmen oder weitere Zutaten in den Topf geben möchte, wandere ich ihren Arm entlang.

»Jerry, nein!«, befiehlt sie mir und schiebt mich sanft auf die Schulter zurück. »Böser Jerry, nein!« Schade. Vielleicht ergibt sich später ein Angebot zum Naschen?

Um die Eintönigkeit und das Warten zu überbrücken, plaudere ich los und zwicke ab und an in ihr Ohrläppchen. Meine Geduld muss schließlich belohnt werden. Zum krönenden Abschluss hackt Mutsch frische Kräuter. Das ist meine Gelegenheit. Ich erzähle lauter und plustere mich auf.

»Ist ja gut, du bekommst ein Stück.«

Mutsch legt einen Stängel Petersilie auf die Arbeitsplatte und setzt mich daneben. Prima! Genüsslich schmatze ich sie weg, während ich an meine letzten Stunden in der Voliere denke.

Aus meiner Perspektive sieht der Suppentopf riesig aus. Wasserdampf steigt beim Öffnen des Deckels empor. Mein Blick fällt auf den glänzenden Rand unter dem Pott. Interessant! Magisch zieht mich dieser an. Langsam schreite ich auf ihn zu.

»Jerry, nein! Das ist heiß«, höre ich Mutsch sagen und bin augenblicklich in ihrer Hand gefangen. Weggeschnappt hat sie mich. Unverschämtheit!

Sie kennt mich in- und auswendig. Alles, was glitzert und worin ich mich spiegeln kann, finde ich großartig. Ein zusätzliches Klappern, wenn es bewegt wird, ist für mich die Krönung. Diesen Effekt gibt es beim Besteckkasten. Ewig könnte ich da stehen. Jedes Mal, wenn er geöffnet wird, erklingen wundersame Melodien und es funkelt überall. Was für ein Anblick! Aufgeregt flattere ich mit meinen Flügeln und quietsche wie ein Verrückter.

Die Suppe ist fertig. Mutsch holt die tiefen Teller aus dem Schrank und pfeift Anja zum Tischdecken heran.

»Soll ich Jerry lieber ins Kinderzimmer bringen?«, vernehme ich von ihr.

Äh, wieso? Wo ist das Problem? Ich versuche einen bösen Blick zu werfen. Es misslingt mir kläglich.

»Nein, lass«, Mutsch macht eine bedeutungsvolle Pause, »Jerry bekommt eine Nudel, dann ist er zufrieden. Richtig?«

Sie nickt mir zu und ich zurück. Ich liebe sie!

Der Suppentopf wandert von der Herdplatte und gibt diese gänzlich frei. Der silbrige Ring ruft mich. Ich habe keine andere Wahl. Es ist meine unbändige Neugier, die meinen Verstand ausschaltet und mir Befehle zuflüstert. Sie muss gestillt werden, sonst werde ich wahnsinnig. Meine Begierde, es mir aus der Nähe anzuschauen, mich darin zu spiegeln und zu betrachten ist größer als die Vernunft. Mutsch und Anja sind in ihrem Gespräch vertieft, sodass ich mich ohne strenge Blicke davonschleichen kann. Oder besser gesagt – wegfliege. Meistens bin ich dabei laut. Liegt wahrscheinlich an meinem Gewicht. Ich versuche meinen Geräuschpegel zu minimieren. Es klappt. Ich lande punktgenau auf der Herdplatte. Ich höre ein lautes Zischen. Aus meiner Kehle entfaltet sich spontan ein schriller Ton. Schmerz. Wie in Trance spüre ich eine vertraute Hand um meinen bebenden Körper. Ich spüre eine heiße Kraft

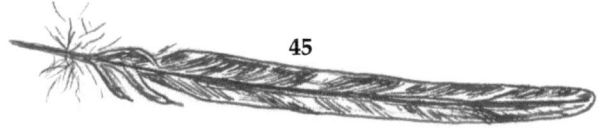

45

unter meinen Füßen. Meine Lider schließen sich. Schließlich ergießt sich kaltes Wasser über meine Krallen. Ah, angenehm. Langsam versuche ich meine Augen zu öffnen. Ich schiele und gucke in das besorgte, angsterfüllte Gesicht von Anja.

»Piep«, krächze ich schmerzerfüllt.

»Genau, piep. Du hast so was von einen.«

Anjas linker Zeigefinger tippt ihre Stirn an.

»Man kann dich nicht aus den Augen lassen. Gleich machst du wieder Blödsinn. Typisch.«

Minuten vergehen und ich fühle kaum noch meine Füße. Ich versuche mich abzulenken und zu analysieren, ob es am Schmerz oder am eisigen Wasserstrahl liegt, der unaufhörlich über meine abgestorbene Haut fließt.

»Ich glaube, es reicht. Setz ihn auf das Fensterbrett. Dort kann er laufen. Es ist kalt und wird ebenfalls angenehm sein.«

Anja schließt den Wasserhahn und stellt mich auf die Fensterbank. Gern würde ich widersprechen und meine Füße noch etwas bewässern lassen. Aber ich bleibe lieber still. Etwas taumelig stehe ich da. Der Schmerz schleicht sich erneut an und ich möchte heulen, wie ein junger Wolf um Mitternacht.

»Lauf! Das kühlt«, fordert Mutsch mich auf und stupst mich an. Aua!

Behutsam schlürfe ich los. Links, rechts, links, rechts. Aua! Wie ein kränkelnder Hahn, wenig stolz und kaum aufrecht, balanciere ich hin und her. Aua! Wirre Gedanken schwirren durch meinen Kopf. Grober, schwerer Fehler. Verdammte heiße Herdplatte! Aua!

Woher soll ein kleiner, unschuldiger Wellensittich wie ich das wissen? Meine Vorfahren kommen aus den Urwäldern Australiens. Dort ist höchsten die Luft warm. Glühende, mit glitzernden Rändern getarnte Kochplatten finden sich nirgends. Aua!

Gefühlte Stunden später bleibe ich mit hängendem Kopf stehen. Mein Wille ist gebrochen und ich bin müde. Trotzig warte ich ab. Mit einer weißen Tube in der Hand steht Mutsch vor mir. Ihre liebliche Stimme ist Balsam für meine geschundene Seele.

»Jerry, komm! Ich bringe dich in deinen Käfig, da kannst du dich ausruhen.«

Vorsichtig nimmt sie mich hoch, dreht mich behutsam um und reibt sanft meine Krallen mit einer klebrigen Salbe ein. Riecht zwar komisch, aber es gefällt mir.

»Hüpf rein«, höre ich sie noch sagen, bevor ich mich mit einem lauten Knall auf dem Käfigboden im Sand wiederfinde. Was war das? Ich weiß genau, dass ich die Holzstange betreten habe. Na warte! Ich rappele mich auf und springe gekonnt auf den untersten Ast. Wieder lande ich auf meinem Po. Wieso, will ich wissen? Ein letztes Mal probiere ich es aus. Erfolglos. Der Sand scheint magnetisch zu sein. Anja und Mutsch schauen zuerst mich und dann sich gegenseitig an.

»Zu glatt«, kommentiert Anja meine Versuche, »einfach zu glatt.«

Ich starre auf meine weißen Füße. Aha! So ist das also. Die Kombination Salbe – Stange ist keine positive Zusammensetzung zur Wundheilung. Kapiert. Zwischen meinen Kothäufchen und Federn, die ich

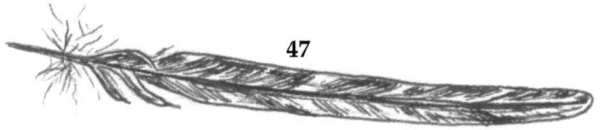

vorsichtig von mir wegschiebe, bleibe ich sitzen. Lektion gelernt!

Jemand schlürft den Flur entlang und kommt zu uns.

»Gibt es heute noch Mittagessen?«, fragt Paul in unsere Runde. »Was ist überhaupt los?«

»Oh, meine Suppe«, entgegnet Mutsch, winkt in meine Richtung und geht. »Die ist bestimmt wieder kalt.«

Anja klärt Paul über meine Unternehmungslüste auf und verschwindet ebenfalls.

»Du hast schon bessere Tage gehabt, was?«, Paul grinst mich angriffslustig an. »Warte, Kumpel. Ich hole dir ein Trostpflaster.«

Trostpflaster? Nein danke! Brandblasen, eklige Creme, mittlerweile Sandkörner, die wie Peeling wirken und jetzt ein Pflaster? Das verkraften meine Krallen keinesfalls. Ich versuche zu schreien, aber lediglich ein leises Fiepen verlässt meinen Schnabel. Das ist eindeutig zu viel. Entmutigt kauere ich in meiner stinkenden Sandecke und ergebe mich meinem Schicksal. Mein Kopf fällt schwer auf die Brust. Ich stöhne. Ich schnuppere. Ich erwache aus meiner Schockstarre und blicke geradewegs in Pauls Augen vor mir. Zwischen seinen Fingern baumelt eine Nudel.

»Trostpflaster gefällig?«, fragt er spitz.

»Piep, piep«, ich mache einen langen Hals. Bloß keine Fußbewegungen ausüben.

»Ich vermute mal, das heißt Ja«, antwortet Paul und hält mir mein Leckerli hin.

Danke, du bist mein Freund, mein Held in der Not.

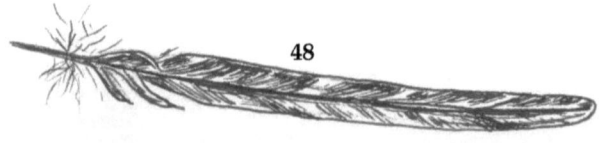

Farbspiele in drei Variationen

Ich bin ein aufgeweckter Wellensittich. Ich beäuge, probiere aus oder verköstige. Zugegeben, meine Welt ist klein, aber fein und ich finde sie mittlerweile großartig und interessant.

Im Zimmer liegen meistens bunte Stifte herum. Hübsch anzusehen mit den verschiedenen Farben, allerdings zu holzig. Wenn ich sie anknabbere, bröckeln sie auseinander oder zerfallen in einzelne Holzsplitter. Für meine sensible Zunge unangenehm. Die Spitze knackt überraschend schnell ab und mundet mir keineswegs. Es ist egal, welche Farbe ich auswähle – riecht und schmeckt alles gleich. Lasse ich die Buntstifte zufällig vom Schreibtisch kullern, entsteht kein klirrendes Geräusch, ähnlich dem Fall einer Kaffeetasse, lediglich ein dumpfer Ton erklingt. Diese Konstruktionen halten null aus. Immerzu bricht die Mine ab.

Wie ein Rohrspatz schimpfend, sitzt Anja mit Blasen an ihren Fingern vor mir. Sie spitzt und spitzt und die Mine kracht und knackt weg. Der Holzstab in Anjas Hand wird zusehends kürzer und letztendlich landet er im Mülleimer. Zu ihrer Aufmunterung und als kleine Wiedergutmachung singe ich ihr ein Lied vor und lasse zwischendurch ein »Böser Jerry, komm!« ertönen. Sie lächelt mich an und zwischen uns ist alles wieder in Ordnung.

Ich bin felsenfest davon überzeugt, dass ich keinen Anteil an der miserablen Qualität habe, oder?

Bei den Bleistiften gibt es einen entscheidenden Unterschied. Sie sind zwar ebenfalls holzlastig und brechen genauso schnell, aber sie schmecken und haben eine besondere Note. Ich nehme mir vor, einen Vergleich mit mir bekannten Lebensmitteln schnellstmöglich durchzuführen.

Nach einer ausgiebigen Lutschorgie laufe ich flink zu einem weißen Blatt und platziere, wie ein Hund, meinen Schnabel darauf. Danach ziehe ich meine ausgestreckte Zunge auf dem Papier entlang. Auf diese Weise lasse ich exquisite Streifen entstehen. Mit den Buntstiften keine Chance.

Lustiger wird mein Hobby, wenn ich den Füller verwende. Hierbei muss ich mich kein einziges Mal anstrengen. Ein wenig an der Schreibfeder gesaugt und gezogen, und das Königsblau fließt heraus. Zugegeben, es tropft und kleckert, aber meine Zunge verfärbt sich blitzschnell.

Mit der Zeit lernte ich, mich zu perfektionieren. Ich sammle die Tintenflüssigkeit in meinem Schnabel und spucke sie wieder zurück auf das Zeichenblatt. Dadurch entstehen winzige Spritzer und Pünktchen.

Von wegen, ich brauche Unterhalter. Pah! Ich kann mich beschäftigen und bin zusätzlich unglaublich kreativ.

Ein anderes Mal lagen die Schulmalfarben auf dem Tisch. Ein leuchtendes Rot erregte meine gesamte Aufmerksamkeit. Also bin ich hin. Ich stand vor dem winzigen Farbtopf und schielte vorsichtig über den Rand hinein. Der Farbeimer war halb gefüllt. Da passierte mir ein Malheur. Meine Versuche, die rote Farbe ansatzweise an meine Schnabelspitze zu bekommen, misslangen. Energisch reckte und streckte ich meinen Kopf. Ich zappelte zusätzlich mit meinen Füßen herum und da geschah es. Mein Haupt blieb im Farbtopf stecken. Ich glotzte in die rote breiige Masse. Instinktiv wich ich zurück, doch der verhexte Pott saß fest. Ich verlor mein Gleichgewicht und setzte mich auf den Hosenboden. Die breiige Flüssigkeit ergoss sich über mein Gesicht und tropfte auf mein frisch geputztes Federkleid. Mein Atem stockte. Ich drohte zu ersticken. Panik stieg in mir auf. Blind wie ein Fisch im trüben Wasser torkelte ich über die Tischplatte. Völlig orientierungslos tapste ich umher. Sekunden später fiel ich runter. Wie ein nasser Sack plumpste ich auf. Mein Aufprall erlöste mich vom verteufelten Farbtopf und erleichtert schrie ich erbärmlich um Hilfe.

»Piep, piep.«

Die rote Suppe kleckerte dabei friedlich an mir herab. Paul kam ins Zimmer gestolpert.

»Jerry, was ist los?«, schrie er mich an.

Verblüfft schaute er auf mich. Ein Häufchen rot-grünes Elend saß benommen vor ihm.

»Oh, nein. Wie siehst du aus? Warte ich helfe dir.«

Vorsichtig trottete ich auf seine Hand zu und sprang

auf. Außer einem weiteren »Piep« verschlug es mir endgültig die Sprache.

Im Waschbecken genoss ich das warme Wasser. Sämtliche Rubbelei ließ ich bereitwillig über mich ergehen. Paul wusch meinen Kopf, meinen Bauch und die Füße, Letzteres kitzelte und brachte mir mein Lachen zurück.

»Fast wie neu. Lediglich mit einem Hauch rot«, triumphierte Paul, nachdem er mich mit dem Handtuch getrocknet und unter die Wärmelampe gesetzt hatte.

Ein paar Tage und mehrere Putzversuche später waren diese gemeinen Schattierungen verschwunden.

Zum Abendbrot gab Paul meine Malkunstversuche zum Besten und alle amüsierten sich auf meine Kosten. Meine Botschaft in Form eines Kotkügelchens landete zum Dank – selbstverständlich aus Versehen – auf der Butter.

Teil 3 meiner Farberlebnisse war lebensgefährlich.

In ihrem und meinem Bewusstsein stieg die Erkenntnis auf, dass ich krank war. Permanent musste ich niesen und fühlte mich hundeelend. Das Futter schmeckte fad und durch die Niesattacken konnte ich kaum schlafen.

»Ich schätze, wir brauchen einen Tierarzt. Das dauert zu lange mit der Erkältung«, hörte ich Mutsch zum Vater sagen.

Kurz darauf saßen wir im Wartezimmer der Tierarztpraxis. Sofort spürte ich die Heidenangst, welche in der Luft lag. Hund, Katze, Maus, allerlei anderes Getier und meine Persönlichkeit versprühten Gerüche, die gespickt waren mit Furcht und Panik. Wie alle anderen hatte ich Bammel davor, was mich hier erwartete. Auch der fiese Schnupfen verdrückte sich in die hinterste Ecke meines gequälten Körpers.

Die Zeit schien zu kriechen. Menschen und Tiere kamen und gingen. Manche waren aus Angst laut, andere wieder in sich gekehrt und still.

Eine getigerte Katze schaute mich mit weit aufgerissenen Augen durch die Gitterstäbe ihres Weidenkorbes an. Lautlos öffnete sie ihre Schnauze, sodass ich ihre weißen Eckzähne erblicken konnte. Ihre Barthaare, die aussahen wie feine Antennen, vibrierten. Einen Moment lang verspürte ich das Bedürfnis, ihre Gedanken lesen zu können. Ob sie mich als vorzügliches Futter sah und anknabbern und auffressen mochte? Ich schüttelte meine Einbildung schnell fort und redete mir ein, dass sie gerade andere Probleme hatte, als mich als ihren Leckerbissen anzusehen.

Ich wendete meinen müden Blick von ihr ab und betrachtete einen winselnden Rehpinscher mit einer Halskrause aus Plastik. Seine kleinen Beine schlotterten. Der Trichter saß fest und wenn sein Ohr juckte, so hatte er keine Chance. Der arme Kerl.

Die graue Ratte daneben war agil und sah für mich gesund aus. Näher und ausführlicher betrachtet, erkannte ich den angeknabberten Schwanz. Es schien mir ein Stück vom Ende zu fehlen. Das waren bestimmt die Artgenossen, vermutete ich.

Eine freundlich aussehende Arzthelferin rief uns auf und Vater trug mich in das Behandlungszimmer. Hell

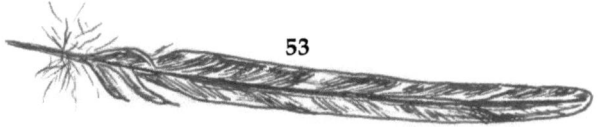

erleuchtet war es. Ein silbriger Tisch stand in der Mitte. An der Wand hingen Bilder von Haustieren jeglicher Art. Mir wurde bang, als mich der ältere Herr untersuchte. Ein bisschen zu grob für meinen Geschmack. Kurz quiekte ich auf, um gleich darauf wieder in mich zusammenzusinken.

»Piep. Hatschi.«

»Eine Spritze?«, fragte Vater den weißhaarigen Tierarzt.

»Eine Alternative wäre uns lieber. Der Körper ist zu klein, da weiß man nie, was wirklich getroffen wird, oder?«

»Stimmt«, pflichtete ihm der Veterinär stirnrunzelnd bei.

Schlagartig war mir klar, dass es schlecht um mich stand. Verdammt!

»Versprechen kann ich nichts. Aber wir können es probieren«, murmelte er uns zu.

Der Arzt betrachtete die Tube in seiner mit Altersflecken übersäten Hand. Mir fiel sofort meine Herd-Aktion mit anschließender Salbenkur ein. Keine angenehme Erinnerung.

»Ich reibe ihn damit ein. Das ist unser Pulmotin für Kleintiere«, sagte er schäkernd und lachte dabei.

Hilflos lag ich rücklinks auf einem kratzigen Papiertuch. Behutsam massierte er die Salbe ein. Nach unserer ersten intimen Begegnung war ich erstaunt über die Verwandlung und die Zärtlichkeit seiner Fingerkuppen.

Gefühlte Stunden später waren wir endlich wieder zurück. Ich war erschöpft und sehnte mich nach meinem

Käfig. Auch der frische Hirsekolben war kein Köder für mich. Gemächlich schlich ich auf einen Ast, versteckte meinen Schnabel im Gefieder, atmete den ungewöhnlichen Geruch ein und schlummerte weg.

Die Arznei half. Zusehends gesundete ich. Der lästige Schnupfen verflog, meine unbändige Esslust kehrte zurück und meine teuflische Müdigkeit verschwand.

Nur meine Eitelkeit hatte einen kleinen Kratzer bekommen. Als wäre ich erneut mit einem fiesen Farbbeutel kollidiert, zog sich dieser orange Farbglanz halbseitig über meinen korpulenten Oberkörper bis unter den rechten Flügel. Einige Wochen lebte ich damit, putzte mich mehrmals täglich und ergab mich schließlich meinem Schicksal bis zur nächsten natürlichen Mauser.

Eine Erkenntnis blieb – ich lebte!

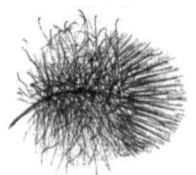

Winterliche Überraschung

Jeder kennt sie, diese Vorweihnachtszeit mit ihren zuckersüßen Gerüchen und geheimen Mysterien.

Die klirrende Kälte hält die Kinder ab und zu davon ab, ihre wertvolle Zeit draußen zu verbringen. Das finde ich außerordentlich segensreich, denn dann haben sie mehr Augenblicke mit mir und ich mit ihnen.

Aber wehe, wenn der naheliegende See zugefroren und die Gefahr des Einbrechens vorbei ist, dann schnappen sie sich ihre Schlittschuhe und, zack, sind sie für die nächsten Stunden definitiv verschwunden. Mir bleibt der sehnsüchtige Blick aus dem Kinderzimmerfenster. Ich sehe den tanzenden Schneeflocken zu, betrachte das Treiben auf den verschneiten Gehwegen und warte ungeduldig auf ihre Rückkehr. Wenn ich Glück habe kann ich meinen Vierbeinerfreund beobachten. Er schnüffelt intensiv an den Hochbeeten und gibt seine tierischen Markierungen ab, welche zugegebenermaßen die winterliche Landschaft mit hässlichen gelben Tupfen verunstalten.

Paul ist als Erster wieder daheim. Mit tropfender Nase und geröteten Wangen steht er grinsend vor mir. Seine Hände hat er verräterisch hinter dem Rücken versteckt. Ich bin achtsam und passe genau auf. Ich bin mir sicher, dass er etwas ausgeheckt hat und ich eine Hauptrolle in seinem Theaterstück spiele.

»Hallo Jerry, ich habe dir eine Überraschung mitgebracht«, ruft er mir entgegen. »Nichts Schlimmes. Ich schwöre.« Schnell hält er seine Finger in die Höhe, als ob mich das beruhigen würde.

Ich neige meinen Kopf und blicke ihn weiterhin misstrauisch an.

»Piep, piep.«

»Nein, wirklich«, spricht er, fast entschuldigend, weiter. »Das hast du noch nie ausprobiert.«

Jetzt hat er mich erwischt. Mein Wissensdrang ist entfacht. Wie eine glühend heiße Lava fühlt es sich in mir an. Ich spüre mein Blut-Magma und wie es sich schlängelnd seinen Weg in meinen Adern sucht. Es schnürt mir fast die Kehle zu. Ich stehe vor einem gewaltigen Vulkanausbruch und kann es kaum erwarten. Ein dünnes hörbares »Piep« entrinnt meinem Schnabel.

Vorsichtig zaubert Paul einen Klumpen Schnee hervor. Gespannt und gleichzeitig zaghaft tapse ich auf die weiße, funkelnde Pulverkugel zu. Trotz meiner weiter aufsteigenden Unbeherrschtheit bin ich geistesgegenwärtig und untersuche den Schnee zunächst nach gelblichen Spuren. Zum Glück finde ich keine merkwürdigen Andenken der tierischen Freunde vor unserem Haus.

Zögerlich mache ich einen Giraffenhals, öffne besonnen meinen Schnabel und koste die glitzernde Masse. Darauf war ich nimmer vorbereitet worden.

Auch in meinen kühnsten Träumen und wirrsten Fantasien war mir das je passiert. Nicht einen beachtenswerten Gedanken oder annähernd eine klitzekleine Vorstellung habe ich davon gehabt. Ebenfalls hatten die alten Vögel meiner Heimatvoliere nie vom Schnee erzählt oder gar mit einer einzigen Silbe erwähnt.

Unfassbare, elementare Erkenntnisse werden mir zuteil. Auf meiner warmen Zunge erlebe ich einzigartige Explosionen. Winzige eisigkalte Kristalle zerspringen in Sekunden und lösen eine Flut Gänsehaut in mir aus. Diverse Federn stellen sich auf, als wäre gerade ein Stromschlag durch meinen Körper gegangen. Gigantisch! Etwas zu hastig beiße ich nochmals in die Schneemasse und verschlucke mich fast dabei.

»Piep.«

»Ich wusste, dass dir das gefällt.« Paul schmunzelt.

»Jerry, geh mal über den Schnee, los!«, fordert er mich auf und schiebt mich weiter auf den Schneehaufen zu.

Ohne über seine Worte nachzudenken, setze ich mich in Bewegung. Der Schnee unter meinen Füßen fühlt sich feucht an. Bei jedem Schritt knistert und knirscht es und gleichzeitig rieche ich klare, reine Luft, welche ich willkommen in meine Lungen einsauge. Ein solches vollkommenes Gefühl war mir lange verborgen geblieben.

Ich liebe diese Winterfreuden und ihre Überraschungen.

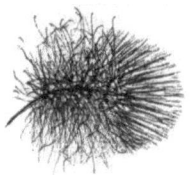

Unfreiwilliges Bad

Die Sonne lacht bereits am wolkenleeren Himmel. Ich bin gut gelaunt und hoch erfreut, dass alle bei mir sind. Heute ist weder Schule noch Arbeit angesagt und somit haben sie Zeit für mich. Diese Sonntage sind der Knüller. Apropos. Wo sind die Kinder überhaupt? Warum spielt niemand mit mir?

»Piep?«

Aus der Küche höre ich es klappern und werkeln. Ich ziehe die Luft ein und versuche die Partikel zu analysieren. Schwierig. Ob ich einen Schnupfen bekomme? Mitten im Juni? Das Rätsel der Kombüse bleibt mir verborgen, der Duft der Köstlichkeiten versteckt. Natürlich weiß ich, dass ich meine Neugierde mit einem Selbstflug schnell befriedigen könnte, aber ich bin träge und daher überlege ich mir den nächsten Schritt. Die Menschlein besorgen sich in diesem Fall eine Mitfahrgelegenheit, ein Taxi. Ich brauche folglich einen gemütlichen Transport. Mein altbewährter Plan funktioniert meistens. Ein entspannter Trip auf die Kinderzimmertür und los geht es. Ich lasse meine schrillsten Töne ungebremst durch unsere Behausung hallen. Die sanften und lieblichen Gesänge sind zu harmlos und können leicht ignoriert werden. Ruhelos laufe ich dabei auf dem Türrahmen herum. Noch keiner da oder gar in Sicht. Ich überlege mir gerade, welche Oktave ich für meinen erneuten Angriff nehmen sollte, da höre ich Mutsch aus der Küche rufen.

»Jerry, komm! Jerry, komm!«

Ich mache es ihr schwer. Hartnäckig bleibe ich sitzen und gröle selber.

»Böser Jerry, komm! Jerry, komm!«

»Jerry, komm! Los, komm!«

Ich lausche ihrem gereizten Unterton und feixe in mein Federkleid. Geduld ist das Zauberwort!

Ich wiederhole sie und brülle: »Böser Jerry, komm! Jerry, komm!«

»Ja, komm! Jerry, komm!«, ertönt das Echo zu mir zurück.

Ich versuche ihre lockenden Worte zu verdrängen und blicke gelangweilt zum Fenster hinüber. Meine Halsschlagader fängt an zu pulsieren, ich fühle ein Rauschen in meinen Ohren und hoffe, dass die erlösenden Schritte bald auftauchen und ich abgeholt werde. Mit letzter Kraft schreie ich nochmals: »Böser Jerry, komm! Jerry, komm!«

Ich entzerre die Buchstaben, so weit ich kann, und sinke danach in mich kraftlos zusammen.

»Piep. Piep.«

Verzweiflung kriecht mein Wesen hinauf, sodass mir die schnellen Schritte entgehen. Gerade als ich entmutigt losstarten und selber fliegen möchte, steht Mutsch mit verschränkten Armen vor mir. Sofort entscheide ich mich um, passe auf, dass ich mein Gleichgewicht

zurückgewinne, ersticke das geplante Mecker–
Gezwitscher im Geiste und zwinkere ihr mit schrägem
Kopf zu. Punkt für mich.

»Böser Jerry«, entgegnet sie lächelnd und streckt mir
ihre pitschnasse Hand entgegen.

»Komm! Ich muss weitermachen«, fordert sie mich
genervt auf.

Darauf habe ich gewartet. Elegant hüpfe ich auf ihren
Handrücken und stolziere bis zur Schulter. Dort ist mein
Lieblingsplatz. Von hier aus habe ich den besten und
bequemsten Überblick. Zuerst begrüße ich das Ohr.
Flüchtig zwicke ich in die Muschel und knabbere den
schaukelnden Ohrring an. Manchmal würge ich aus
meinem Kropf Körner empor und versuche sie
vorsichtig anzukleben. Das sieht ulkig aus.

Mutsch stellt sich zurück an das Abwaschbecken.
Darin schwimmen knackige Salatblätter. Mich
durchzuckt es. Erstens liebe ich Grün und zweitens
schmeckt mir Salat zu jeder Tageszeit. Ob ich ein kleines
Stückchen probieren darf? Aufgeregt und als
klitzekleine Bemerkung meinerseits beiße ich nochmals
in Mutschs Ohrläppchen. Enttäuscht merke ich, dass sie
keinerlei Reaktion zeigt. Ihre Hände putzen den Salat
weiter. Mist! Es kommt auf meine Kreativität an. Mit
einem rasanten Sturzflug lande ich auf dem Beckenrand
und umlaufe ihn.

»Jerry, nein! Ich warne dich«, droht mir Mutsch.

Ihr Blick durchbohrt meine Eingeweide und ich
bekomme fast ein schlechtes Gewissen. Spielverderber!
Warum? Aus den Augenwinkeln heraus beobachte ich

sie. Sorgfältig säubert sie jedes einzelne Blatt und legt es vorsichtig zurück ins Becken. Ich finde, sie sehen wie kleine schwimmende Boote auf einem Ozean aus. Die Zeit fließt zäh dahin und Mutsch scheint mich vergessen zu haben. Ein Blatt nach dem anderen landet im Nass. Meine Geduld ist am Ende. Hektisch fliege ich auf den Wasserhahn. Das Metall an meinen Füßen ist unangenehm kühl. Dafür glänzt es. Meine Begierde wächst. Jetzt unauffällig sein. Wie auf einem Startblock im Schwimmbad stelle ich mich hin, bereite mich mental vor und springe flink ab. Meine Flügel presse ich an meinen Körper, strecke meine Füße lang aus und halte die Luft an. Genauso stelle ich mir das bei den Kindern im Schwimmbad vor. Sie wären stolz auf mich, wenn sie es gesehen hätten.

Volltreffer! Ich lande punktgenau in der Mitte des ersehnten Salatblattes. Meine Krallen zerschneiden es, das Blatt gleitet weg und ich sinke wie ein Stein. Verdammt ist das kalt. Reflexartig schlage ich meine Lider auf und entdecke aufsteigende Luftbläschen, welche scheinbar tänzelnd ihren Weg zur Wasseroberfläche suchen. Schlagartig fällt mir Anjas Badegeschichte ein, welche sie mir einmal abends, beim Kuscheln im Bett, erzählt hat.

Als kleines Mädchen war sie mit den Eltern am künstlich angelegten Badesee. Lachend rannte sie im Wasser vor dem Vater davon. Sie spürte den Sand auf dem Boden und kam kaum gegen den Wasserwiderstand an. Plötzlich fiel sie in ein Baggerloch und sank. Unzählige Bläschen stiegen wie Babyquallen ringsherum auf. Dieses Schauspiel fand sie faszinierend und in ihrer Erinnerung wunderschön. Vater zog sie aus dem Wasser und Anja rief:»Noch mal, noch mal. Da sind ganz viele Blasen.«

Das sie damals kurz vor dem Ertrinken war, wurde ihr erst Jahre später bewusst.

Ich schlucke Wasser, unendlich viel, drohe ebenfalls zu ertrinken, aber auf unsere Mutsch ist Verlass. Blitzschnell fischt sie mich aus dem Waschbecken. Wie ein Netz fangen mich ihre Finger auf. Als ich die Wasseroberfläche durchstoße, spucke ich die Brühe aus, bis mir alle Glieder schmerzen. Aus meinen Nasenlöchern steigt zeitgleich eine Fontäne. Meine Federn kleben an mir und ich bin nass bis auf die Haut. Igitt! In Sekundenschnelle fange ich an zu zittern.

»Seit wann kannst du schwimmen? Oder bist du über Nacht eine Ente geworden?«, fragt sie mich sichtlich überrascht.

Irritiert spreize ich meine Zehen auseinander und starre sie kopfschüttelnd an. Zum Glück kann ich keine Schwimmhäute oder Ähnliches feststellen. Wie kommt sie darauf?

»Piep, piep«, antworte ich verlegen. »Hatschi.«

Letztendlich gebe ich auf. Ich habe keine Kontrolle mehr über mich. Mein Körper bibbert. Hätte ich ein Gebiss wie Oma Martha, dann würde es klappern. Meine Gefühle überwältigen mich, mir ist hundeelend. Tropf, tropf. Mein Sprung ins unergründliche Badevergnügen ist eindeutig misslungen.

»Was ist passiert?«

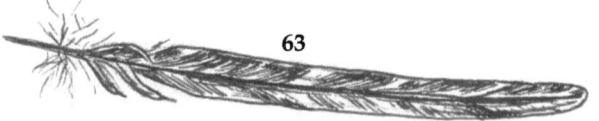

63

Anja stürmt in die Küche und sieht die Bescherung.

»Was hat Jerry heute angestellt?«

Ihr Blick wandert schräg zur Zimmerdecke, als würde sie nachdenken und gleichzeitig legt sie langsam den Zeigefinger an ihr Kinn. Freche Geste!

»Ich sage nur – verfressen!«, entgegnet Mutsch, verzieht die Mundwinkel, runzelt die Stirn und rollt mit den Augen. Ich kann das genau erkennen.

»Aha! Dann hole ich mal was zum Einpacken.«

Anja kichert und verschwindet aus meinem Blickfeld. Einen Moment später hält sie ein Handtuch bereit. Mutsch wickelt mich sorgfältig darin ein. Es ist kuschelig warm. Ich sehe wie ein Regenwurm mit schwarzen Kulleraugen aus. Egal, es ist behaglich. Widersprechen ist sowieso zwecklos. Anja nimmt mein Wurstpaket und rubbelt. Ihre warme Nase berührt meinen Kopf.

»Hey, Jerry. Lach mal wieder«, versucht sie mich zu trösten. »Wir kuscheln und dann ist alles wieder gut.«

Ich schwelge in unserer Zweisamkeit. Mir wird klar, dass dies für mich die wirklich wichtigen Momente in meinem Wellensittichleben sind. Ich kann und darf Fehler machen und sie lieben mich trotzdem. Anja legt mir grinsend ein Blattstückchen hin, welches ich gierig vertilge. Danke!

Mutsch macht den Salat fertig und stellt die Schüssel sicherheitshalber in den Kühlschrank. Dort ist er vor weiteren Angriffen durch mich geschützt, hofft sie.

Ich weiß genau, was jetzt kommt! Der Kult der Rotlichtlampe. Das ist eine großartige Erfindung der Menschheit und ausgesprochen nützlich.

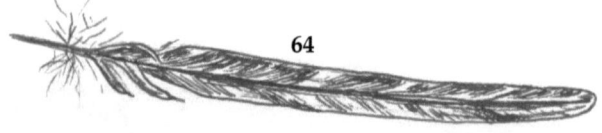

Mutsch holt mich aus dem Handtuch heraus und setzt mich in meinen Käfig. Das Licht wärmt und trocknet meinen zarten Körper. Die Lebensgeister erwachen. Meine olivgrüne Farbgebung hatte sich in ein hässliches Grau verwandelt. Meinem Spiegel, besser gesagt meinem Spiegelbild, welches wie ein gerupftes Huhn aussieht, erzähle ich mein Abenteuer und lasse dabei kein Detail aus.

Zwischendurch besuchen mich meine Lieben und spotten.

»Putz dich!«

»Siehst drollig aus.«

»Möchtest du das nächste Mal mit ins Freibad kommen? Dort gibt es einen Zehnmeterturm.«

»Oder du machst gleich das Seepferdchen. Tauchen klappt ja schon.«

Ich lasse ihnen den Spaß und fange an zu zwitschern. Allerdings hasse ich dieses zusammengeklebte nasse Gefieder. Erst, wenn die Federn fast trocken sind, ziehe ich sie durch meinen Schnabel und fette sie stundenlang ein. Am lustigsten sind die langen schwarzen Schwanzfedern. Sie schnipsen zurück und zischen dabei durch die Atmosphäre. Abschließend plustere ich das gesamte Federkleid auf. Hübsch geworden. Fertig! Bitte Licht aus, Jerry muss raus!

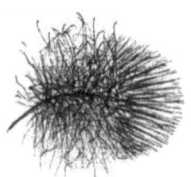

Komm, duschen wir oder andere angenehme Unannehmlichkeiten

Dann und wann ist meine Familie wahrhaftig charakterlos zu mir.

Im Sommer, folglich in den Sommerferien, ergreifen sie mit ihren Koffern und Taschen die Flucht, um in den Urlaub zu verschwinden und bringen mich weg. Niemals darf ich mit. Ich finde das traurig und versuche jedes Mal zu widersprechen. Zwecklos! Sie sind geschickt und ignorieren meinen Protest gnadenlos.

Wenn ich darüber nachdenke, stundenlang im Bus oder im Zug eingesperrt in einer winzigen, mit Löchern gespickten Schachtel zu hocken, dann vergeht mir der Wunsch mitzufahren. Zumal ich es hasse, wenn mir das Fliegen untersagt wird. Viel wichtiger ist, dass sie wiederkommen. Und das tun sie, immer.

Meistens bringen sie mir einen neuen Ball oder einen Plastikvogel mit. Aus dem letzten Urlaub in Graal-Müritz, also kurz vor der Halbinsel Fischland-Darß-Zingst, kam das beste Geschenk. Ein Rotkohlglas gefüllt mit feinstem Sand. Kistenweise hätten es meinetwegen Behälter davon sein können. Der Meeressand war vollkommen. Es fühlte sich an, als würde ich auf Samt laufen – weich und angenehm –, er rieselte unter meinen Zehen weg und er roch nach ... Meer, Wellen und Sonne, Wind und Möwen.

Übrigens Möwen. Das sind diese riesigen Vögel, die zu Hauf an der Ostsee zu finden sind. Das haben mir die Kinder erzählt. Paul hat mir erklärt, dass die Silbermöwe ungefähr so groß wie ein neugeborenes Baby ist. Ihre Flügelspannweite, welche bis zu 155 Zentimeter sein kann, ist sogar noch etwas weiter als bei einem Mäusebussard. Sogar unsere Anja ist kleiner. Wahnsinn!

Wir Wellensittiche dagegen sind nur bis zu 18 Zentimeter groß und haben eine Spannweite von 26 Zentimetern. Allerdings bestechen wir durch unsere imposante Farbgebung. Da hat diese Silbermöwe mit ihrem klangvollen Namen die schlechteren Karten. Hinzu kommt, dass der Blick dieser Vögel grimmig wirkt, ich hingegen mit meinen entzückenden blauen Farbflecken blinzle freundlich durch die Gegend.

Es gibt Mitbringsel, die niemand braucht, sozusagen Katastrophen der übelsten Art.

Vor Jahren, bei einem Camping–Urlaub fand für die Feriengäste eine Tombola der hiesigen Ortschaft statt. Die Kinder waren begeistert. Für schmales Geld und mit klopfenden Herzen, kauften sie sich die gebastelten bunten Lose bei den dicken Frauen des Dorfvereins.

Neben einigen Nieten war unglücklicherweise ein Hauptpreis dabei. Mutsch war entzückt. Vater wurde geweckt und zusammen, mit allerbester Laune schritten sie zurück zum Verlosungsstand. Stolz überreichten die Kinder ihr vermeintliches Glückslos. Der pummelige Mann griente.

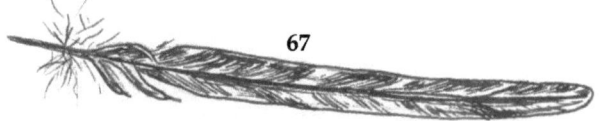

»Oh, das freut mich für euch, einer unserer besten Preise«, entgegnete er wohlwollend. »Na, dann hole ich mal euren Gewinn her. Dauert einen Moment.«

Er verschwand hinter einem kleinen Laster und ein undefinierbares Klappern war zu hören. Die Spannung stieg. Alle Augenpaare meiner Familie trafen sich abwechselnd und die Schultern wurden gezuckt. Es dauerte eine Ewigkeit, ehe der ältere Herr zurückkam. Mit seinen zittrigen Händen hielt er einen Vogelbauer und darin saß ein verstörter hellblauer Wellensittich.

»Das ist Heinz. Aber ihr könnt dem Piepmatz ruhig einen anderen Namen geben. Kein Problem.«

Heinz sagte kein Wort. Unser Vater überwand als Erster seine Schockstarre.

»Unmöglich. Zuhause wartet bereits ein olivgrünes, sehr eigenwilliges Exemplar dieser Gattung auf uns. Gibt es noch andere Hauptpreise? Vielleicht könnten wir tauschen?«

Mutsch und die Kinder nickten heftig zu Vaters Vorschlag. Obwohl ein leichter Wind wehte, rang der Losmann nach frischer Luft, schüttelte verständnislos seinen Glatzkopf und stöhnte hörbar laut aus. Schließlich handelte es sich um den Hauptpreis der Lotterie und diesen verschmähten diese Rotzgören? Am Ende der Diskussion bekam Anja ein grünes Springseil und Paul eine Wasserpistole geschenkt, welche nach kurzem Gebrauch bereits ihren Dienst versagte. Darüber waren die Kinder weder bitterböse noch traurig. Nur Heinz. Der saß weiterhin im Käfig und wartete auf sein Schicksal.

Dieses Geschenk wäre wahrlich eine besondere Überraschung für mich geworden und ich hätte meine Familie teilen müssen. Nein danke! Die Erzählung reichte mir völlig.

»Piep.«

Aber zurück zum Sand.

Der reine, unberührte Ostseesand ist atemberaubend. Betrachte ich dagegen den üblichen Käfigsand – unangenehm, gelblich dazu und keine Spur von Abenteuer oder Entspannung. Das Schlimmste ist, dass es diese groben Körner selten zu kaufen gibt. Oft bleibt den armen Kindern nur eine Wahl. Sie werden gezwungen mit einem Eimer in den Innenhof zu gehen, um von dort Spielplatzsand zu holen. Grauenhafte Vorstellung. Anschließend wässert Mutsch dieses Gebröckel, streut es auf ein Backblech und backt den Sand aus. Wegen der Bakterien, sagt sie. Igitt! Puh! Ich bin ein kultivierter Wellensittich und kein Straßenköter. Niemals lese ich in meinem Sand die Tageszeitung, um zu erfahren, was in meiner Nachbarschaft passiert ist. Das vollführen ausnahmslos die menschentreuen Vierbeiner.

Es ist wieder so weit. Ich spüre das. Die Kinder haben seit Tagen schulfrei. Sie schlummern aus, lungern mit ihren Freunden am See in unserer Nähe und genießen das erfrischende Nass.

Es ist herrliches Wetter, die Sonne strahlt, kurzum – es ist zum Mäusemelken. Ich bin trotz Ferien oft allein. Dabei bade ich ebenso gern. Ein Vogelbadehäuschen ist furchtbar eng. Diese grässliche Konstruktion kann ich mir nur damit erklären, dass der Erfinder keinen Liebling unserer Art hatte.

Hallo, wir haben einen langen Schwanz! Sofort, wenn ich das Häuschen betrete, stehe ich mit den Füßen im Wasser und meine bezaubernden Schwanzfedern biegen sich exakt 90 Grad nach oben. Wie soll ich das als angenehm empfinden? Geschweige, dass ich meine Flügel ausbreiten und mich im Wasser suhlen könnte! Es ist total beengt. Völliger Quatsch, diese Kreation des Badehäuschens. Da bekomme ich eher Rückenschmerzen und krumme Federn, als dass ich mich vergnügen könnte.

Für diese niedlichen, winzigen und äußerst putzigen Ziervögelchen wahrscheinlich ausreichend und bequem, aber für mich stattlichen Burschen eine Zumutung. Ohne mich! Meine Familienmitglieder haben das schnell herausgefunden und mich davon erlöst. Seitdem bade ich minutenlang im Waschbecken unter fließendem Wasserstrahl. Alternativ in einem Suppenteller.

Aus dem Wasserhahn spritzt es. In meiner endlosen Fantasie bin ich in den Blue Mountains Australiens und stehe unter einem der riesigen Wasserfälle. Ein Traum!

Hier kann ich mich ausgiebig begießen lassen und planschen. Eine frische Brise zieht zu mir herüber. Ich tauche meinen Kopf ein, nehme einen winzigen Schluck der köstlichen Flüssigkeit, schlage mit meinen Flügeln, dass die Wassertropfen fliegen lernen. Das ist für mich Genuss pur.

Mein grüner Ball liegt am Grund. Ich versuche aufzusteigen, doch er ist zu klein und ich scheitere kläglich. Am Ende lande ich mit einem Bauchklatscher im kühlen Wasser.

Ich bin klitschnass und sehe aus wie eine klitzekleine, aber niedliche graue Ratte. Ich fange an zu frieren.

Der Handtuch-Rotlichtlampe-Ritus folgt. Zuerst kauere ich im frisch gewaschenen Badetuch, schaue auf einer Seite interessiert heraus und warte ab. Mein Käfig wandert währenddessen zum Esstisch und die handelsübliche Glühbirne wird durch die rote Leuchte ausgetauscht.

Es ist wie in einer Sauna, wohlig warm und angenehm für jede Faser des Körpers und für die Seele. Die Tropfen verdunsten und geben meine prächtigen, schillernden Farben frei. Am guten Ende putze und fette ich mein Gefieder gewissenhaft ein.

Wie erwartet werden die Taschen und Rucksäcke gefüllt und ein reges, leicht nervöses Treiben liegt in der Luft. Meine Futterdose, meine Hirsekolben, mein Sand, mein Spielzeug und mich im Käfig befördern sie zu Jürgen und Sandra. Die beiden Zeitgenossen sind angenehm und kümmern sich um mich.

Leider wohnen sie irgendwie verkehrt. In einer WBS-70-Zweiraumwohnung, ohne Fenster in Küche und Bad, aber mit integrierter Durchreiche von der Kombüse in das Wohnzimmer. Genau hier befindet sich mein Platz für die nächste Zeit. Geradezu genial. Ich bin mittendrin und dabei. Was will ich mehr? Wird das Essen zubereitet, sehe, rieche und koste ich. Ist Lümmeln auf der Couch angesagt, bin ich genauso schnell zur Stelle.

Allerdings stehen und hängen in der Stube Dutzende

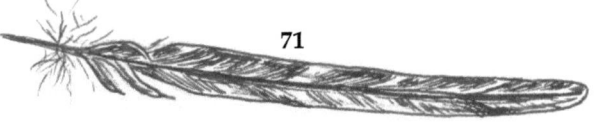

dieser alten Uhren. Hübsch anzusehen, aber die machen einen fürchterlichen Krach. Rund um die Uhr, auch nachts! Manche von den Monstern melden sich viertelstündlich zu Wort, andere alle 30 Minuten. Jedes dieser Ungetüme hat seine eigene Melodie. Ach, was sag ich? Melodie? Gong! Gebimmel! Missklang! Aber wenn man denkt, na ja, die paar Sekunden sind erträglich. Falsch! Das Geläute beginnt unterschiedlich, die antike Wanduhr über dem Fernseher fängt an, gefolgt von der eleganten Pendeluhr im Flur, dann die anmutigen Kaminuhren vom Schrank und aus dem Bücherregal, zum Schluss steigt die moderne Kuckucksuhr ein. Die anderen Tyrannen lasse ich gegenwärtig unerwähnt. Somit dauert die Beschallung wesentlich länger, als einem sowieso lieb ist. Um Mitternacht – der Höhepunkt – exakt null Uhr, habe ich das Gefühl, mich in einem Katzenkonzert zu befinden.

In meinem ersten Urlaub bei den Uhrenliebhabern, bin ich vor Schreck fast gestorben. Mein Heimweh kam erst später dazu. Ich habe kaum ein Auge zugetan. Und wenn, dann sind 15 Minuten verdammt schnell um. Ich schaffte es selten, tief und fest einzuschlafen, um den Lärm zu verschlafen. Passgenaue Kopfhörer oder Ohrenstöpsel für meine Gattung wären eine echte Revolution des Erfindergeistes dieses Jahrhunderts.

Daheim habe ich gefühlte drei Tage durchgeschlafen, so erschöpft war ich damals. Von purer Erholung – der schönsten Zeit im Jahr – konnte überhaupt keine Rede sein. Mein Menschenverständnis hört da auf.

Sandra und Jürgen sind junge, nette Leute. Dieser

ohrenbetäubende Krach kann ihnen keineswegs gefallen, oder? Dabei ist es leicht, diese Nervensägen zum Stillstand zu bringen. Das habe ich mehrfach beobachtet. Einfach das Pendel anhalten oder das erneute Aufziehen der Kuckucksuhr vermeiden. Bei den altertümlichen Kaminuhren bedarf es des passenden Schlüssels. Diesen verschwinden zu lassen, ist eine Option. Gänzlich entsorgen nicht, eine kleine Auszeit würde mir reichen.

Als ein gutes Versteck stelle ich mir einen Blumentopf vor. Beim nächsten Gießen, wenn ich hoffentlich bereits wieder daheim bin, darf er gefunden werden. Den kurzen Transport schaffen meine Zehen, ein paar Flügelschläge zum Fensterbrett, plumps. Voilà! Perfekt!

»Oh, ein neuer Vogelbauer. Sieht schick aus.«

Sandra unterbricht meine Gedankenreise und schaukelt mich hin und her, bevor mein Käfig an den gewohnten Stammplatz gestellt wird.

»Ja, der alte Bauer hat ausgedient«, erklärt Mutsch.

»Das Holz hat sich bereits so verzogen, dass bald alle Stäbe rausfallen. Dann öffnet Jerry nicht nur die Eingangspforte, sondern quetscht sich mit seinem wohlgeformten Bauch wahrscheinlich durch die Gitterstäbe, so verrückt, wie er ist. Außerdem besitzt sein neues Heim eine Schaukel.«

»Jerry ist allerdings zu dumm dazu. Er fällt beharrlich runter. Plumps liegt er bestenfalls im Sand.«

Paul zwinkert.

Sein schelmisches Grinsen missfällt mir. Und wieso hat Mutsch meinen Körperbau erwähnt?

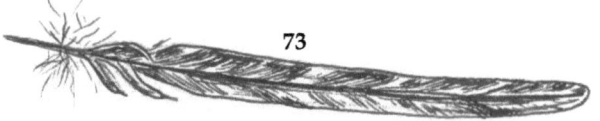

73

»Ach, das wird schon.«

Mutsch wuschelt durch meine Kopffedern.

»Es ist noch kein Meister vom Himmel gefallen.«

Anja wünscht mir eine schöne Zeit und küsst mich auf die Nase.

»Bis bald, Jerry. Sei lieb!«

Ich vermisse meinen alten Holzkäfig. Heimelig war er, flach, aber lang, mit Holzbalken und passendem Boden. Dieser neue Bauer dagegen wirkt steril mit seinen Gitterstäben und dem hohen Plastikboden.

Aus Überdruss, zeitweilig aus Frust scharrte ich im Boden und die Sandkörner oder kleine Kackehaufen flogen im hohen Bogen raus. Und jetzt? Die Krümel prallen von der Gegenseite ab und bleiben im Käfig liegen, nur an einer anderen Stelle. Letztendlich bin ich auf die Gunst und Lust der Kinder zum Säubern angewiesen. Na toll! Der größte Nachteil allerdings ist, dass die Tür fest verschlossen ist, eingeklinkt. Keine Chance!

Früher war der Eingang mit einem Metallhaken verriegelt, welcher auf der anderen Seite eine Öse hatte. Diese bewegte sich beim Öffnen oder schließen. Ein cleveres Kerlchen, so wie ich es bin, durchschaute das schnell. Von da an entriegelte ich geschickt mit meinem Schnabel persönlich den Haken und hüpfte, wann immer ich wollte, nach draußen.

Zugegeben, meine Liebsten stoppten ab und an meine Ausbrüche, indem sie das Portal zusätzlich verriegelten.

Mein Mobiliar beinhaltete keine Schaukel und mein Verlangen hielt sich in Grenzen. Wie auch? Ich kannte keine wackelnden Dinger. In diesem neumodernen Haus hingegen gehört es zur Grundausstattung. Die Kinder haben mir erklärt, dass jeder Wellensittich Schaukeln mag und nachts seinen Schlaf darauf verbringt. Dies erscheint mir unausführbar. Hüpfe ich auf, schwingt sie los. Meine Muskeln sind angespannt, meine Füße umschließen fest die Stange. Mit weit aufgerissenen Augen versuche ich mein Gleichgewicht zu halten. Umsonst. Zack, wie ein Mehlsack falle ich zu Boden.

Ich bin kein Feigling und probiere es wieder. Egal, welche Position mein Körper einnimmt und wie sehr ich mich anstrenge und konzentriere, ich schaffe es höchstens auf die andere Seite des Bauers zu schwingen und auf die nächste Stange zu springen. Ein beständiges Schaukeln misslingt mir und ich bezweifle, dass ich dabei meine Augen schließen und schlafen kann. Niemals! Ich habe es aufgegeben und sitze nachts nach wie vor neben meinem Spiegel, gemütlich auf der Stange und träume.

Meine Familie ist seit ein paar Tagen weg. Mir geht es gut. Regelmäßig ergattere ich mein Futter, frisches Wasser und Leckerlies. Ich werde gekrault und darf schmusen. Zusätzlich bemühe ich mich, artig zu sein und keinen Unsinn zu fabrizieren. Größtenteils funktioniert das. Ich bin, wer ich bin! Ein liebenswerter Zeitgenosse mit ausgiebigem Sinn für Humor und endloser Lebenslust.

Am Wochenende ist es am schönsten. Wir schlafen zusammen aus. Wenn ich das Gefühl habe, dass es an der richtigen Zeit ist, rufe und pfeife ich laut.

»Böser Jerry, komm! Jerry, komm!«

Erfahrungsgemäß schlürft binnen Minuten einer meiner bezaubernden Betreuer im Schlafzeug zu mir, öffnet das Verlies und ich setze mich auf die Hand. Dann trotten wir gemeinsam zurück ins warme, kuschlige Bett. Die Sonne scheint durch das gekippte Fenster und hüllt die Schlafkammer in goldgelbe Farben. Mit kleinen, leisen, sachten Schritten schleiche ich zum pulsierenden Hals, plustere mein fluffiges Federkleid flüchtig auf, schmiege mich behutsam an und schließe die Lider. Genauso gefällt mir das Leben.

»Jerry, aufwachen!«

Schlaftrunken höre ich die Worte. Ich lasse bewusst meine Augen zu. Vielleicht noch 5 Minuten? Um meinem Wunsch Ausdruck zu verleihen, rücke ich näher an das Ohr und streichle es mit den Kopffedern. Dies scheint zu kitzeln und Sandra fängt an zu lachen.

»Hey, du Rabauke. Jetzt ist Schluss mit Schmusen.«

Unsanft bewegt sie sich hoch und steht auf. Mir bleibt keine Wahl, ich muss mit.

»Ich springe schnell unter die Dusche«, höre ich Jürgen rufen.

Schlagartig bin ich hellwach. Duschen? Das bedeutet eindeutig Wasser. Blitzartig starte ich los Richtung Badezimmer. Jürgen steht am Waschbecken und rasiert sich. Elegant lande ich auf seiner nackten Schulter.

»Na, ausgeschlafen?«

Sein schaumiges Spiegelbild feixt mich an.

Seltsam diese Menschen. In einigen Gesichtern,

vorzugsweise bei den Männern, wachsen Haare –
Barthaare, am Kinn, über der Oberlippe, an den Wangen
bis hin zu den Ohren. Bei einigen wenigen Geschöpfen
der männlichen Art hingegen entsteht ein zarter Flaum.
Die Natur wird sich dabei einst ihre Gedanken gemacht
haben! Doch was tun diese undankbaren
Menschenkinder? Sie rasieren die Stoppeln ab.

Während ich meinen Gedanken hinterherhinke, saust
dieser Rasierer knapp an mir vorbei. Als Reaktion auf
seine Dreistigkeit zwicke ich Jürgen in sein Ohrläppchen.

»Böser Jerry!«, lispelt er mir zu.

»Böser Jerry?« Mit dem Stänkern hatte er angefangen.

»Piep, piep.«

Das seifige Wasser gepaart mit den winzigen
schwarzen Härchen sieht für meine Begriffe Furcht
einflößend aus. Igitt! Jürgen wischt sich die letzten
Schaumreste ab und schlendert ins Wohnzimmer.
Blitzartig schnappt seine Hand nach mir und setzt mich
auf dem Käfigdach ab.

»Du bleibst hier. Ich will duschen.«

Ohne meine Antwort abzuwarten, dreht er sich
pfeifend um und stolziert siegessicher zurück. Ich prüfe
flüchtig die Lage. Sandra ist gerade dabei ein leckeres
Frühstück zu zaubern, sie wirbelt und hantiert in der
Küche herum und deckt die Tafel. Ich habe ausreichend
Zeit bis zur Fütterung. Mein Turbo startet. Die
Schnelligkeit meiner Flügelschläge überrascht mich. Ich
erreiche Jürgen und bohre meine Krallen beim
Landevorgang in sein Muskelfleisch.

»Oh, nein. Böser Jerry!«

Ungehalten stampft Jürgen rückwärts in die Stube und setzt mich auf Sandras Kopf ab.

»Hierbleiben!«, befiehlt er.

Das Spiel beginnt. Erneut starte ich los und bin vor ihm im Bad. Mit einem höflichen »Piep« begrüße ich Jürgen, lege meinen Kopf schief und klimpere mit den Augenlidern. Das funktioniert meistens, aber heute ist einer dieser Ausnahmetage. Schade! Unvermutet sitze ich in der Falle. Beide Handflächen halten mich fest. Seine Schritte werden heftiger und seine sonst liebreizende Stimme schroffer.

»Böser Jerry. Du bleibst hier. Ich will duschen.«

Jürgen versucht mich durch die Käfigöffnung zu schieben. Für zwei ausgewachsene kräftige Männerhände zuzüglich widerspenstigen Wellensittichs ist sie zu klein und zu eng. Ich entschlüpfe und rette mich vorerst auf die Gardinenstange. Augenblicklich rennt Jürgen los.

»Beeile dich! Das Frühstück wartet. Die Eier sind gleich fertig«, ruft Sandra ihm feixend nach.

Mein lautstarkes Geflatter ist zu hören. Sofort nach meiner Landung auf seinem, von mir auserkorenen Kopf fuchtelt er wild und unkontrolliert mit den Armen und stoppt abrupt in seiner tänzelnden Bewegung. Ich fliege auf und ab und amüsiere mich köstlich. Ein gelungener Zeitvertreib, aber wir wollten duschen und danach gemütlich frühstücken, oder? Was soll dieses absurde Affentheater die ganze letzte Viertelstunde?

Als ob Jürgen meine Gedanken lesen kann, hört er überraschend mit dem wilden Gezappel auf und sein

Herzrhythmus normalisiert sich.

»Gut. Dann duschst du eben mit.«

Warum dieser Zirkus? Wie ich mehrfach feststelle, sind Menschen zeitweilig schwer zu verstehen.

Endlich ruhen wir beide in der Badewanne und lassen uns vom edlen Nass beträufeln. Genauer gesagt, steht Jürgen und ich nehme meinen Lieblingsplatz – die Schulter – ein. Dass meine Zehen leicht rötliche Striche verursachen, ist ihm scheinbar egal. Im Gegenteil, Jürgen beginnt zu trällern. Ich finde, das ist immerhin ein gutes Zeichen. Wenn ich singe, ist mein Universum in Ordnung. Warum sollte das bei ihm anders sein?

Viel zu schnell ist es vorbei. Klitschnass hocke ich auf der Waschmaschine und warte geduldig, dass Jürgen sich abtrocknet und anzieht. Wir sind ein eingespieltes Team.

»Kannst du bitte ein Handtuch für Jerry bringen? Er erkältet sich sonst noch und dann gibt es Stress mit den Kindern.«

Wie Recht er hat. Wenn es um mich geht, kennen sie kein Pardon.

Sandra kommt angeflitzt, hüllt mich ein und rubbelt.

»Eure Wettrennen sahen lustig aus.« Sandra kichert.

»Ich hätte nicht gedacht, dass er tatsächlich beim Duschen bei dir bleibt. Jerry ist verrückt.«

Jürgen striegelt seine Haare und nickt zustimmend.

»Sogar als ich die Haare gewaschen habe, ist er dageblieben. Stocksteif saß er da. Sieh dir mal meine Schulter an! Total zerkratzt.«

Auweia. Ich stecke meinen Kopf etwas tiefer ins

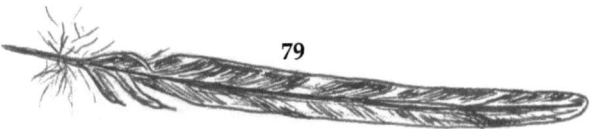

Handtuch hinein.

»Ups. Das ist die wahre Duschliebe.«

Sandra lacht und verschwindet mit mir im Arm in die bereits nach Kaffee duftende Stube.

Die Rotlichtlampe steht bereit und wartet auf ihren Einsatz. Freiwillig setze ich mich in mein fabrikneues Haus. Auch an ein Stückchen saftigen Apfel und frische Petersilie hat die Beste gedacht. Beides festgesteckt am Gitter, sodass ich bequem thronen und knabbern kann. Sie ist eine Perle. Für mich ein perfekter Start in den Tag.

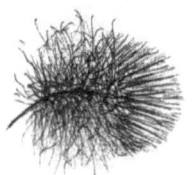

Grün – meine Liebe

»Morgen Jerry, aufwachen. Wir haben verschlafen.«

Paul brüllt durch meine Gitterstäbe, während er gleichzeitig das Tuch mit den Babymotiven vom Käfig zerrt. Das grelle Licht flutet meine schlafenden Augen. Ich vertreibe die Müdigkeit aus meinem Gefieder, plustere es auf und begrüße Paul.

»Hallo. Piep, piep.«

Ich lege meinen Kopf schief und erwarte meine täglichen Streicheleinheiten.

»Ja, alles klar. Entschuldige, heute ist keine Zeit zum Schmusen. Komm spring auf!«

Mit ausgestreckter Hand steht er ungeduldig vor mir. Zack, und ich sitze auf seinem wippenden Handrücken. Aber ein Küsschen sollte es wenigstens geben. Hastig laufe ich den Arm bis zur Schulter hoch, belästige im Vorübergehen das Ohrläppchen mit meiner üblichen Knabberei und verteile meine nassen Schmatzer auf Pauls Wange.

»Oh, danke! Das musste sein, oder?«

Paul schmunzelt.

»Na gut, du hast gewonnen.«

Blitzartig dreht er seinen Mund zu mir und küsst mich auf den Schnabel.

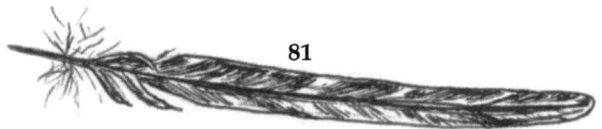

»Böser Jerry, komm! Jerry komm!«, antworte ich und sause los.

Die Kinder sind gestresst. Es geht drunter und drüber. Die sonst banalen Abläufe werden zu einer Herausforderung an diesem Morgen. Wer darf als Erster an das Waschbecken und wer macht sich gleich ins Nachthemd? Bin ich froh, dass ich als Wellensittich existiere und keine Toilette brauche. Meine kleinen Häufchen feuere ich überwiegend im Käfig ab, allerdings verspiele ich manchmal den Druck und dann muss es eben dort heraus, wo ich mich gerade befinde. Durch Kuscheln oder mit meinem lieblichen Gezwitscher entschuldige ich anschließend mein Missgeschick. Meistens gelingt mir die Versöhnung.

Jetzt, auf meinem sicheren Posten oben auf dem Spiegelschrank im Badezimmer, beobachte ich das kindliche Treiben, Gezeter und versuche unauffällig zu sein.

»Oh, rutsch weg. Ich bin dran«, schimpft Anja.

»Du bist ja schlimmer als jedes Mädchen.«

»Und hübscher«, kontert Paul lachend, zupft ein letztes Mal an seinem blondierten Haarschopf und verschwindet aus dem Bad.

Paul ist schneller weg, als ich gewettet hätte. Und Anja, unser Morgenmuffel, stolpert Minuten später hinterher. Ich bekomme ein flüchtiges Händewinken zum Abschied.

»Tschüss, Jerry. Bis später und sei artig!«

»Tschüss«, trällere ich ihr lieblich hinterher und atme hörbar laut aus, als endlich die Tür ins Schloss fällt.

Jetzt kann der Tag beginnen und zwar mit

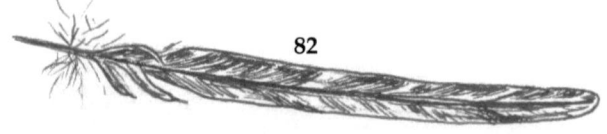

Faulenzerei. Da ich kein Kaffeetrinker bin, schlürfe ich einen winzigen Schluck Milch aus Anjas Frühstückstasse. Abrupt erstarre ich in meiner Trinkbewegung. Hoffentlich haben die Kinder meinen Fressnapf aufgefüllt. Ich krame in meiner Erinnerung an den gestrigen Abend und versuche mir den Napf und mein Fressverhalten vor mein geistiges Auge zu bringen. Hatte ich alles leer gefressen? Gab es noch einen Hirsekolben oder wenigstens ein Stückchen Apfel? Es werden Stunden vergehen, eh die Kinder wieder daheim sind. In diesem Moment weiß ich, dass ich definitiv zwei existenzielle Probleme am Hals habe. Was, wenn die Kinderzimmertür zu ist? Und die Körner alle sind? Aber diese Aufregung mit unserem Verschlafen und dem Platzmangel im schmalen Badezimmer war zu unterhaltsam gewesen. Bis zur Rückkehr bin ich höchstwahrscheinlich verhungert.

Überstürzt springe ich vom Tassenrand, tippele zur Tischkante und fliege los. Diesen ruckartigen Abgang übersteht meine Startposition nicht, wackelt und kippt scheppernd um. Die restliche Milch ergießt sich über den Küchentisch. Erschrocken blicke ich zurück und sehe das angerichtete Desaster. Verdammt! Das muss warten.

Zum Glück steht die Tür sperrangelweit offen. Erschöpft lande ich direkt in meinem Käfigeingang. Das war ein Schnellflug mit ebenso perfekter Landung. Hätte Paul das gesehen und die Zeit gestoppt, er wäre stolz auf mich gewesen. Das war zweifellos mein Rekord in dieser Woche.

Meine Angst war unbegründet. Friedlich hängt ein angeknabberter Hirsekolben am Gitter und wartet auf meinen nächsten Besuch. Mir fällt auf, dass er dunkle Körner hat, also einer von der schmackhaften Sorte. Ein hellerer Kolben ist weniger saftig, aber immer noch besser als das handelsübliche Futter. Allerdings weiß ich, dass es die Hirsekolben selten zu kaufen gibt. Wenn Mutsch eine Tüte im Zoogeschäft „Terra et aqua" ergattern kann, dann ist sie höchst erfreut und prompt bekomme ich einen Hirsekolben, nachdem sie den Einkaufsbeutel ausgepackt hat. Die Gute!

Ein zusätzlicher Blick in meinen Futternapf bestätigt allerdings meine Ahnung. Nur einzelne, winzig kleine Körnchen liegen darin und warten geduldig auf ihr Schicksal. Aber gut, bis zum Nachmittag wird mein Vorrat reichen. Der Tag ist insofern gerettet. Leicht erschöpft von meinen morgendlichen Aufregungen mache ich ein Nickerchen und gebe mich meinen Träumen hin.

Ein lautes Bellen weckt mich. Ich sehe aus dem Fenster und entdecke meinen Freund, den Schäferhund. Sein Herrchen wirft einen grünen Ball und er rennt schwanzwedelnd hinterher. Ein Lächeln huscht über mein Gesicht. Ich schaue den beiden Gesellen eine Weile zu. Nachdem sie aus meinem Sichtfeld verschwunden sind, fliege ich in die Küche. Die Tasse liegt inmitten der antrocknenden Pfütze. Kleine Milchspritzer sind auf dem Tisch verteilt und leider finde ich auf dem Fußboden auch einige Milchmoleküle. Soweit ich den Kuhsaft trinken kann, ohne dass mir dabei schlecht wird, schlürfe ich es weg. Den Rest lasse ich, wo er ist. Die Verwarnung droht mir sowieso. Eine Katze wäre heute wahrhaftig vorteilhaft.

Ich entsinne mich, dass Anja vor ein paar Monaten aufgeregt nach Hause kam. Ohne mich zu beachten rannte sie zu Mutsch ins Wohnzimmer und redete unaufhörlich und ungestüm auf sie ein.

»Hallo, hallo«, begrüßte ich sie und kniff in ihr Ohrläppchen.

»Hallo Jerry«, sagte sie flink und rieb sich das Ohr.

Mein Gehirn konnte die unzähligen Informationen in dieser rasanten Geschwindigkeit kaum verarbeiten. Letztendlich handelte es sich um ein schwarz-weiß geflecktes Katzenbaby, welches mit den Geschwistern im Hof in einem Gebüsch lag und schrecklich miaute. Anja wollte unbedingt dieses Kätzchen retten. Mutsch blieb hart. Sie wirkte auf mich ein wenig stur. In dem Gesprächswirrwarr fiel nebenbei mein Name und die Begriffe „Jagen" und „Fressen". Das verwirrte mich wiederum und ich brachte mich in den Disput ein.

»Böser Jerry?«, fragte ich verdutzt nach.

Einen Freund finde ich prinzipiell wohltuend, aber bitte niemanden, der mich als sein Futter betrachtet. Das wollte ich klarstellen.

»Siehst du, Jerry stimmt mir zu«, brach es aus Anja heraus. »Dann hätte er einen Kumpel und sie wären immer zu zweit.«

»Mal abgesehen davon, dass Jerry eventuell als Katzenmahlzeit sein Ende finden würde«, unterbrach Mutsch und zeigte auf mich, »zu zweit könnten sie noch

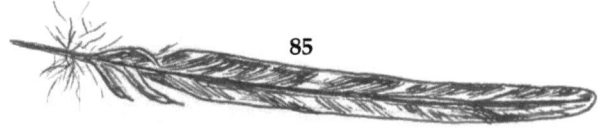

viel mehr Unsinn anstellen. Jerry reicht für unsere Familie völlig aus. Er macht bereits Dreck für zwei.«

Anja bettelte und drückte zusätzlich ein paar Tränen heraus, jedoch war Mutschs Entscheidung bereits in Stein gemeißelt. Eine Katze war für sie kein Haustier oder gar ein Kumpel für mich. Sie trat näher an Anja heran und streichelte meinen Kopf.

»Entschuldige, Jerry. Das ist nicht böse gemeint. Allerdings fallen deine Kügelchen und Federn überall hin. Und wer macht es überwiegend sauber?«

Mutsch klopfte auf ihre Brust und Anja sah weg.

»Böser Jerry?«, wiederholte ich mich.

Ich spürte, etwas angestellt zu haben. Nur meine Erinnerung daran war zu schwach. Weswegen oder woraus war noch einmal dieses Gespräch entstanden?

»Nein, nicht böser Jerry«, antwortete Mutsch.

»Dreckspatz, würde ich eher sagen.«

Traurig rannte Anja aus dem Wohnzimmer, warf die Eingangstür laut ins Schloss und schwieg Mutsch den ganzen Abend an.

Diese Katze hätte heute ihre Freude gehabt. Und wer weiß, vielleicht wären wir die besten Freunde auf der ganzen Welt geworden. Sie hätte mich weder als ihr Futter angesehen noch gejagt, dafür hätte ich frühzeitig gesorgt.

Mein Bauch ist voll und ich fühle mich satt. Ich möchte mir die Beine vertreten, mich ablenken und an was Angenehmes denken. Meine seltene Chance, die gesamte Wohnung zu beherrschen und meine verbleibende Zeit dafür muss ich effektiv nutzen und starte durch ins Bad. Neben den üblichen Bademitteln und Kosmetikartikeln steht ein verführerischer Deoroller auf dem Spiegelschrank. Er ist außen weiß mit grün-schwarzer Beschriftung, aber das Beste ist der Inhalt. Jeden Morgen, wenn Mutsch ihn benutzt, wird meine Begierde nach ihm größer. Behutsam öffnet sie den Deckel und entblößt sein vollkommenes Antlitz. Seine Wölbung glänzt und seine grüne, fast durchsichtige Kolorierung passt farblich zu meinem geliebten Ball. Ein Traum in Grün.

Heute ist der Zeitpunkt, dass wir uns näher kennenlernen und ich diese einmalige Gelegenheit nutzen werde. Ich plustere mich auf, zupfe die ein oder andere Feder zurecht, bringe die piksenden Übertäter in ihre Positionen und schreite langsam, den Blick nach vorn gerichtet, auf den Stick zu. Ich stimme mein Lieblingslied an und umgarne den Deoroller. Ich verstricke ihn in ein Gespräch und komme ihm unaufhaltsam näher. Unsere Körper schmiegen sich wie zwei Liebende aneinander. Seiner Gefühllosigkeit entgegne ich mit meiner unbändigen Herzenswärme für ihn. Wäre er aus Eis, ich stände bereits in einer Wasserlache. Mein zügelloses Verlangen nach seiner verdeckten Pracht steigt. Sein Duft umhüllt mich wie ein Seidenschal den pulsierenden Hals einer wunderschönen, geheimnisvollen Frau. Die Welt um uns herum verschwindet in einem Nebelschleier. Wir sind allein, im Hier und Jetzt. Keine Widerworte dringen an mein Ohr und ich nehme meinen Mut zusammen. Blitzschnell verpasse ich ihm einen Fußtritt und er kullert über die Kante, knallt auf dem Waschbeckenrand auf, springt dort ab wie ein Flummi und prallt gegen den Badewannenrand. Dieser Karambolage hält er nicht Stand und landet auf den Fliesen. Pling! Plong! Peng! Seine Rotation wird schwerfälliger und endet im Stillstand. Sein Haupt liegt wenige Wellensittich-Meter neben ihm. Geschafft! Wie von Sinnen stürze ich mich auf den Fußboden und betrachte mein Werk. Der Deckel ist zerrissen. Seine klaffende Wunde kaum zu übersehen. Der Grund meines Attentats, der Deostick, ruht friedlich und enthüllt neben mir. Ich küsse und liebkose ihn, wälze mich über seinen schillernden Leib, verdecke ihn mit meinen Flügeln und lasse meiner Fantasie und meinen körperlichen Lüsten freien Lauf. Seine anfängliche Kühle wandelt sich in Erregung und er gibt sich mir innig hin. Die Zeit rinnt dahin, jedoch ist sie mir egal. Am Ende liege ich erschöpft neben meiner Schönen und stöhne auf. Mein Körper zittert, meine Stimme vibriert, meine Augen verdrehen sich. Ich bin am Ende, aber glücklich.

Augenblicke später vernehme ich ein Magengrummeln. Jetzt brauche ich dringend etwas zu futtern. Der Gedanke an die Körner entzückt mich. Ich hüpfe gut gelaunt auf, breite meine Flügel aus und starte. Plumps falle ich auf meinen Schnabel. Aua.

Eine böse Ahnung kriecht langsam meine Eingeweide hoch, ich will schreien, aber meine Kehle ist zugeschnürt. Wie ein junges Kaninchen blicke ich vorsichtig an mir herab.

»Pieeeep. Böser Jerry, böser Jerry.«

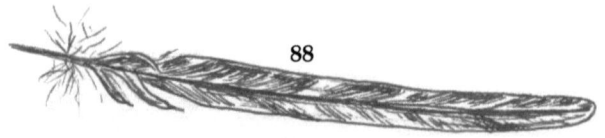

Der Anblick ist entsetzlich. Was war passiert? Was hatte mir meine Angebetete in ihrem Liebeswahn angetan?

Ich bekomme Schnappatmung, meine zarten Herzklappen stolpern und meine Lider blinkern ekligen, glitschigen Federn entgegen. Sie haften an mir fest, wie Kleister an der Raufasertapete. Ich muss würgen, spucke vor Schreck ein paar Krümel aus Hirse heraus und sehe wie ein grauer Kotzbrocken mit Partikeln aus. Dagegen sind meine Füße ansehnlicher als meine übrigen Körperteile. Kein wünschenswertes Ende für einen heißen Akt aus reiner Liebe.

»Piep.«

»Jerry, ich bin wieder da. Die letzten Stunden Sport sind ausgefallen. Jerry, wo bist du?«

Ich kann mein Glück kaum fassen. Anja ist zurück. Meine Rettung naht. Ich höre ihren Schulranzen auf den Fußboden knallen, aber ihre Schritte entfernen sich.

»Hallo? Hallo? Böser Jerry, böser Jerry.«

Ich jammere meine Wortfetzen in die Luft hinaus.

»Piep, piep, piep.«

Ich sinke weiter zusammen. Was habe ich bloß wieder angestellt? Von dem morgendlichen Tumult abgesehen, hatte der Tag eine wunderbare Wendung mit wortwörtlich einem befriedigenden Ergebnis genommen. Trotzdem sitze ich gegenwärtig wie ein Häufchen Elend auf dem Boden und heule.

»Oh, Jerry. Jetzt gib einen Laut von dir! Ich dachte, du freust dich, wenn ich früher bei dir bin. Jerry, wo bist du?«

Anjas Worte hallen in meinem Gehörgang nach. Ich

reiße mich zusammen und stoße mein letztes Gebet mit voller Kraft heraus.

»Böser Jerry. Böser Jerry, komm!«

Endlich steht Anja in der Badzimmertür. Mit weit aufgerissenen Augen glotzt sie mich an. Gleichzeitig schlägt sie sich ihre Hand vor die Stirn und stöhnt laut auf.

»Igitt, wie du aussiehst. Was hast du wieder gemacht?«

Anja schüttelt den Kopf.

»Also echt, dir fällt dauernd ein neuer Quatsch ein.«

»Piep, piep«, gebe ich hastig als Antwort und hoffe, dass sie mir helfen kann diesen desolaten Zustand meiner Person schnellstmöglich zu korrigieren.

»Du scheinst dich vergnügt zu haben«, stellt Anja tröstend fest, bückt sich und hebt meine arglistige Liebhaberin auf. Ich schniefe, nicke und komme näher an sie herangewackelt.

»Allerdings hast du mit dieser klebrigen Zuneigung wohl kaum gerechnet.«

Anja lacht herzhaft und stupst mich an.

»Komm, sei nicht traurig. Dafür siehst du deinem Namensgeber Jerry gerade verdammt ähnlich. Jerry, die kleine graue Maus mit Schnabel. Außerdem hattest du deinen Spaß und wir machen dich wieder hübsch.«

Anja krault liebevoll meinen schleimigen Nacken.

»Alles wird gut, versprochen.«

Ich genieße ihre Zärtlichkeit und mein Tränenfluss versiegt. Was habe ich für ein Glück mit meiner Familie.

Minuten später genieße ich das warme Wasser. Anja sitzt auf dem Toilettendeckel und schaut mir zu.

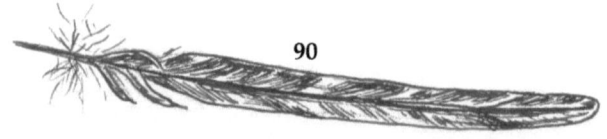

»Das ist besser, stimmt's?«, plappert sie.

Dankbar schaue ich zu ihr herüber.

»Böser Jerry?«, frage ich leise.

»Manchmal schon«, entgegnet Anja mir. »Aber ..., ach einerlei. Jeder von uns macht Fehler. Ich bin mir ziemlich sicher, dass du keinen erneuten Liebesakt brauchst.«

Anja macht eine Denkerpause.

»Es sei denn, du begehrst den Deostick so sehr, dass dir dein anschließendes Aussehen völlig egal ist.«

»Piep.«

»Aha, das verstehe ich als Zustimmung.«

Das klebrige Zeug ist hartnäckig. Anja mischt Badezusatz in mein Domizil und rubbelt an mir. Nachdem ich den Schnabel voll vom Wasser habe, trocknet sie mich ab und es folgt der angenehme Teil der Behandlung – mein Besuch unter der Rotlichtlampe.

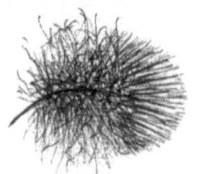

Vorfreude

Zu meinem bescheidenen Hab und Gut gehört ein kleiner grüner Plastikball. Zum Fußball spielen oder rumkullern ist er ideal. Leider besitze ich keine elegante Fußtechnik, sodass ich meinen Schnabel einsetze. Die Kinder dagegen schnipsen den Ball mit ihren Zeigefingern weg. Unsere improvisierten Tore aus R14-Batterien stehen auf dem Fußboden. Diese Pfosten glitzern makellos und das entzückt mich jedes Mal. Am Ende eines Turniers sprinte ich zu ihnen, kippe sie um und lasse sie rollen. Es gibt allerdings Tage, da suche ich meinen Ball wie ein Verrückter. Überall schaue ich nach...

Für jeden klitzekleinen Anlass gibt es eine Eigenart bei den Erdenbewohnern. An den Ostertagen verstecken sie bemalte Hühnereier, zum Nikolaustag füllen sie die meist eigenhändig von Mama geputzten Stiefel mit Ruten und Nüssen, für das Giftblatt am Schuljahresende werden ein paar Kröten verschenkt, am Kindertag landen klebrige Süßigkeiten in den Mündern, zum Geburtstag gibt es individuelle Geschenke und in der Vorweihnachtszeit schmücken Adventskalender die Kinderzimmer. Hier fängt mein Drama an.

Mutsch hat für die Sprösslinge Kalender mit

Märchenmotiven. Diese sind leer, werden allerliebst von ihr gefüllt und sind somit jährlich wiederverwendbar. Hinter einem Türchen versteckt sich ein Schokotaler, in einem anderen Fach liegt ein Bonbon und Kaugummis gehören ebenfalls zum Inhalt. Diese bunten Dinger sind zwar ziemlich hart und schnell ausgelutscht, sagt Paul, aber gekaut wird, bis die Zahnfüllung schmerzt. Meine menschlichen Geschwister zeigen wenig bis kaum Geduld. Heimlich wird vorgenascht. Damit es keinen Ärger mit der Herrin des Hauses gibt, werden sie erfinderisch.

Ich erwische Paul dabei, wie er meinen heiß geliebten grünen Ball in den Adventskalender stopft. Er spinnt wohl? Ich leiste heftigen Widerstand. Während ich auf seiner Schulter sitze, meine Krallen sich in sein Fleisch bohren und ich unaufhörlich in sein Ohrläppchen zwicke, vollendet er seinen Streich und schließt das Türchen Nummer 13. Mit dieser miserablen Tat lasse ich ihn auf gar keinen Fall davonkommen. Unverzüglich verlange ich meinen Ball zurück. Laut quietsche ich los, direkt in seinen Gehörgang. Ich schreie, sodass mir die eigenen Laute fremd vorkommen und gleichzeitig unangenehm und lästig. Er entfernt sich weiter vom frischen Tatort und fuchtelt ausgiebig mit der Hand nach mir. Mir schwant, dass er den Verstand verloren hat. Mir bleibt keine Wahl. Völlig aufgebracht fliege ich zum Kalender zurück und setze mich obenauf. Eine wacklige Angelegenheit und das, während ich aufgebracht und durcheinander bin. Beharrlich schriller werden meine Klagen. Ich ersehne meinen Ball. Das Blut pulsiert in meinen Adern.

»Jerry, hör auf mit dem Krach«, fordert Paul mich fast flüsternd auf und stiert Richtung Zimmertür.

»Mutsch merkt sonst sofort, dass etwas nicht stimmt und schlimmstenfalls, dass ich geschummelt habe.«

Genau! Das ist mein Plan. Richtig erkannt! Mein Ball! Wie ein Geisteskranker plärre ich und es rutscht mir ein: »Böser Paul, komm!« aus dem Schnabel.

Ruckartig bleibt er stehen, dreht sich wie im Zeitlupentempo zu mir um und starrt mich mit weit aufgerissenen Augen entsetzt an.

»Was hast du gesagt?«

»Piep, piep«, erwidere ich selbstbewusst und durchforste in Sekundenschnelle meinen menschlichen Wortschatz, um auf ein weiteres Ignorieren bestens vorbereitet zu sein.

»Nee, das hörte sich anders an«, entgegnet Paul verwirrt. »Böser Paul, war es. Das hast du noch nie gesagt.«

Was soll ich darauf antworten? Wenn er böse zu mir ist, muss er mit allem rechnen. Zugegeben, der Satz ist mir tatsächlich gnadenlos über die Zunge gerollt, aber recht hatte ich zu einhundert Prozent. Schließlich gibt Paul auf und agiert unverzüglich.

»Okay, du hast gewonnen«, sagt Paul kleinlaut und stampft zum Adventskalender zurück. »Dein Ball, ich weiß. Er ist dein Heiligtum.«

Ich nicke, lasse meinen bitterbösen Blick weiter auf ihm haften, schieße winzige Blitze hervor und richte mich sieghaft auf. Frei nach dem Motto „Brust raus –

Bauch rein" atme ich tiefgründig in meine Lungenflügel ein und bringe ein bestätigendes, kraftvolles »Piep« hervor.

Mit zittriger Hand öffnet Paul vorsichtig die 13. Tür, holt meinen Schatz heraus und legt ihn auf dem Tisch ab. Blitzschnell starte ich durch und komme rutschend neben ihm zum Stillstand. Mich kann niemand mehr aufhalten. Ich schmuse was das Zeug hält. Küsschen hier und Küsschen da, endlich!

»Entschuldige, Jerry. Er sollte wirklich nur für zwei Tage einen Kaugummi mimen. Dann hättest du ihn wiederbekommen. Ehrlich.«

Ich werde Paul glauben und verzeihen. Diese Lektion hat er hoffentlich gelernt!

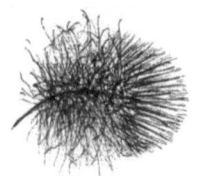

Weihnachts(alp)traum

An den Adventswochenenden ist bei uns eine Menge los. Es wird gebacken, gekocht und gebastelt. Die Luft ist geschwängert von Lebkuchengewürzen, gepaart mit Zimt und den feinsten Aromen der Weihnachtsbäckerei.

Die gesamte Familie trifft sich zum Kaffeeklatsch und wir verspeisen selbst gemachte Plätzchen, Omas Stolle und saftigen Bratapfelkuchen mit Rosinen. Es ist das Fest vor dem Fest. Der Schallplattenspieler dudelt alt bekannte Weihnachtslieder. Ab und an trällern wir mit und quasseln, als ob wir uns vor Jahrzehnten das letzte Mal gesehen hätten. Und ich bin mittendrin. Das Leben ist herrlich.

Ich fliege auf den Teppich und gönne mir einen ausgiebigen Schwatz mit einer roten Weihnachtskugel. Mir zuliebe wurde sie an einen der untersten Zweige gehangen. Wann immer mir danach ist, kann ich mich ausgiebig nach links und rechts drehen und betrachten. Diese funkelnden, glitzernden Kugeln, das Lametta, die bunte Lichterkette und die anderen Schmuckstücke begeistern mich jedes Jahr aufs Neue, in dieser von Zauber getränkten Vorweihnachtszeit.

Zugegeben, mein voluminöser Leib sieht extremer aus als er in Wirklichkeit ist und mein Entschluss steht fest.

Während die anderen inzwischen lautstark Rommé spielen und ihren Grog und Punsch schlürfen, umtanze ich meine Kugelfreundin. Ausgelassen schwingt sie hin und her. Einige Lamettastreifen rieseln zu Boden und landen direkt neben meinen hopsenden Krallen. Ungeschickt verheddere ich mich, rutsche weg und flattere dem Schnabel nach hin. Plumps. Ich liege auf dem Rücken wie eine exzellent eingeschnürte Rinderroulade und entdecke die goldene Weihnachtsbaumspitze. Sie fasziniert mich. Diese einzigartige vollkommene Schönheit, der Glanz ihres geschwungenen Körpers ist jede Sünde wert. Gerade überlege ich, ob sich ein Flug auf meine Begierde lohnt, so scheint es mir, als würde diese immer näher auf mich zuschweben. Meine unendliche Fantasie scheint mal wieder mit mir durchzugehen. Ich schließe meine Augen, lasse mich flüchtig in meine Gedankenwelt fallen, schüttele mein Köpfchen, atme tief ein und nehme den intensiven Geruch der Tannennadeln auf. Frohen Mutes öffne ich meine Lider und schreie auf. Der riesige Monsterbaum rast unaufhaltsam auf mich zu. Blitzschnell wird mir klar, dass ich ein massives Problem habe. In Facetten sehe ich mein kurzes Leben an mir vorüberziehen. Alptraum! Was ist mit meinen Wünschen und den Dingen, die ich noch erleben wollte? Ich möchte mich bessern. Meinen Schweinehund überwinden. Mehr selber fliegen, als mich tragen zu lassen. Das ständige Futtern reduzieren, den Hirsekolben einmal ignorieren. Mehr da sein für meine Liebsten. Menschliche Vokabeln lernen, um intensiv mit ihnen kommunizieren zu können. Und nun das? Das kann und darf nicht mein Ende sein! Auf diese Art und Weise, das wäre zu traurig! Ich bin jung und habe überreichlich zu tun und vor. Australien, der Mond oder bloß mal an die See.

Meine Schreie betäuben mich, gleichzeitig höre ich mein Herz pochen, mein Atem wird rasant schneller, ich befürchte zu ersticken.

Gefährlich grüne Nadelspitzen pfeifen und zischen an meinem Haupt vorbei. Einige von ihnen prallen an meiner muskulösen Bauchdecke ab oder knicken erfreulicherweise um. Ich versuche meine Gedanken zu sortieren.

»Oh, mein Gott.«

»Verdammter Mist.«

»Wie geht das?«

»Was ist passiert?«

»Das siehst du doch, oder? Der Weihnachtsbaum liegt in der Mitte vom Wohnzimmer.«

»Jerry, wo ist Jerry? Hat ihn jemand gesehen? Jerry?«

»Ach, du Schreck. Zuletzt saß er auf dem Teppich und hat mit seiner Weihnachtskugel gespielt.«

»Los, wir müssen den Baum vorsichtig wieder aufstellen. Aber passt auf!«

Behutsam und auf jeden ihrer Schritte achtend, wuchten meine Liebsten den verdammten Nadelbaum zurück in seine ihm angedachte Position. Kein leichtes Unterfangen. Dann steht die Tanne erneut.

Mutschs Adleraugen erspähen mich als Erstes. Behutsam nimmt sie mich in ihre zittrige Hand.

»Da ist er. Unversehrt.«

»Was hat er gemacht? Wieso ist Jerry in Lametta eingewickelt?«

Paul und Anja beäugen mich verwirrt.

»Er sieht wie eine Kohlroulade mit Glitzer aus.«

Na ja, wie soll ich das erklären? Mein fehlender Wortschatz und der Schock der letzten Minuten stecken nachhaltig in meinen zarten Gliedern.

»Böser Jerry?«, entrollt es schwach meiner Kehle und ich blicke sie fragend an. Ich bin erschöpft und ein seichter Pups entflieht.

»Immer für einen Spaß zu haben.«

Paul lacht.

»Allerdings, die Aktion mit dem Weihnachtsbaum, musste die sein?«

Anja nickt zustimmend in seine Richtung.

Jetzt bin ich verwirrt. Aktion Weihnachtsbaum? Paul glaubt offensichtlich, dass ich das war, oder? Und der brennende Adventskranz letztes Jahr? Das war wohl auch ich? Aber das ist eine andere Geschichte...

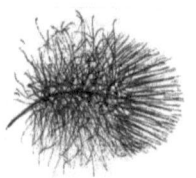

Prost!

Das Fernsehen ist eine geniale Erfindung. Nachrichten, Filme, Berichterstattungen und weitere wundersame Dinge flimmern über die Mattscheibe. Am liebsten sehe ich mir Tierfilme mit echten Lebewesen an. Diese künstlich hergestellten Trickfilme verhöhnen unsere Gattungen und Arten und stecken sie manchmal teilweise in menschliche Kleidung. Schlimmer finde ich dazu, dass die Filme meistens brutal sind und die Charaktere übertrieben dargestellt werden.

Die realen Sendungen, mit unverfälschten Wesen sind für einen wissbegierigen Flattermann, wie ich einer bin, spannender und interessanter. Hier kann ich wirklich etwas lernen.

Neulich saß ich mit Mutsch auf dem Sofa und wir schauten uns eine Tierdokumentation aus Afrika an. Unser Vater war arbeiten und die Kinder bereits in den Betten zur Nachtruhe verschwunden. Wir konnten es uns gemütlich machen und niemand störte uns dabei. Was für ein Segen!

Unendliche Weiten und atemberaubende Naturereignisse funkelten uns entgegen. Wir beobachteten eine Horde Elefanten, welche mit ihren Rüsseln riesige Marula-Bäume schüttelten und traten, während sich der Himmel rötlich färbte und die Sonne langsam am Horizont verschwand. Dieses Schauspiel lockte weitere Bewohner wie Affen, Warzenschweine und Giraffen an. Sie warteten, bis die mirabellengroßen goldgelben Früchte des Elefantenbaumes auf den Boden fielen.

Der Moderator sprach von einem säuerlichen, erfrischenden Geschmack, den die Tiere mögen. Allerdings verdarben die Früchte schnell und der Gärprozess setzte somit frühzeitig ein.

Die versammelten Tiere ließen es sich sichtlich schmecken. Die emsigen Affen lösten ohne Probleme die dicken Schalen ab, lutschten die dünnen Schichten des Fruchtfleisches und spuckten die großen Steine aus. Die Geschöpfe vertilgten, jeder auf seine Art und Weise, die reifen Früchte, bis sie satt waren.

Was dann geschah, überraschte Mutsch und mich. Der Alkohol zeigte seine Wirkung und ließ die Tiere wanken, stolpern, auf die Nasen fallen oder sonstige Ausschreitungen ihrer Gliedmaßen vollziehen. Eine Löwin hätte ihre Freude daran gehabt. Von einer Fluchtreaktion konnte keine Rede sein. Im Gegenteil, leichte Beute lag in Massen herum. Manch Warzenschwein schaffte es gerade noch rechtzeitig vor dem Umfallen in sein Erdloch, die Affen taumelten über umgestürzte Bäume, die Giraffenbeine schlotterten, sodass ich dachte, sie würden abknicken oder durchbrechen. Die Elefanten fielen um, als wären sie eine Felsformation und blieben in der entstandenen Mulde liegen. Was für ein trauriger Anblick. Sie waren alle betrunken.

»Oh, die armen Irren«, stieß Mutsch hervor. »Die sind ja völlig beschwipst.«

»Piep, piep.«

Meine Zustimmung brach unser entsetztes Schweigen über die bewegten Bilder und wir fingen zu lachen an. Tränen flossen aus den Augen und mein Schnabel wippte im Takt.

»Jerry, ich kann nicht mehr. Hör auf zu kichern!«

Mein Kichern war in ein Glucksen übergegangen, denn meine Bauchdecke schmerzte bereits.

Wir hatten einen unbeschwerten Abend!

Dass ich verrückt, neugierig und fantastisch bin, ist allseits bekannt. Dass ich auf glühenden Kohlen sitze und damit zusätzlich meine Gesundheit auf eine Karte setze, das ist auch mir neu.

Zu allen möglichen Festlichkeiten, und diese gibt es reichlich in einem Jahr, gönnen sich meine Lieben einen guten Tropfen. Selbstredend lediglich die Erwachsenen und die Kinder müssen zusehen, wo sie bleiben. Die Großen amüsieren sich bei Bier, Wein oder Bowlen. Und je länger eine Feier dauert, desto lauter und lustiger werden sie. Am guten Ende liegt so mancher Gast im Bett und jammert und klagt über fürchterliche Kopfschmerzen. Das soll ein Wellensittich mit anständiger Erziehung verstehen? Tut er nicht, das ist Fakt! Ich finde, die Menschen sind eine ulkige Spezies auf unserem blauen Planeten.

Und heute ist wieder ein Feiertag. Unsere Hütte ist voller Gäste, es wird unentwegt erzählt und ausgiebig gelacht. Mutsch hat Köstlichkeiten nach Art des Hauses gezaubert. Gemeinsam sitzen sie am zu kleinen Esstisch und futtern, als gäbe es kein Gestern und kein Morgen. Ganz nebenbei heben sie ihre vollgefüllten Gläser, prosten sich gegenseitig klirrend zu und ein Trinkspruch nach dem anderen rollt über ihre feuchten Lippen. Die Kinder verziehen sich nach dem Essen rasch in ihre Zimmer und lassen die Feierwütigen allein. Ich glaube, dass es ihnen unangenehm ist, ihre Vorbilder ausgelassen und ungehalten zu sehen. Auf NDR 2 hören sie sich die Sendung „Hitparade" an, um ihre momentanen Lieblingslieder mit dem Kassettenrekorder KR650 aufzunehmen. Übrigens machen sie das fast jeden Samstag und dann dröhnen die nächsten Tage dieselben Lieder durchs Zimmer. Ein Gedudel. Das ist, als würde ich ständig mein Lieblingslied trällern oder sie mit dem gleichen Gezwitscher tyrannisieren.

Ich hingegen beschließe, mir diese Komödie direkt aus der Nähe auszuschauen und bleibe fest entschlossen auf der Esstischlampe hocken. Das ist ein hervorragender Platz. Von hier oben habe ich den Überblick über die aktuellen und kommenden Geschehnisse. Ich kann ungestört beobachten und anschließend analysieren.

Nachdem die Rote Grütze mit Vanillesoße vertilgt ist, werden die dicken Bäuche getätschelt und das hervorragende Essen von Mutsch gelobt. Die randvollen Schnapsgläser werden weiterhin lautstark geleert und die Salzstangen knabbernd überwiegend in die Münder gestopft.

Die Männer verziehen sich auf den Balkon und die Damen räumen das schmutzige Geschirr in die Küche. Das ist meine Chance! Niemand achtet auf mich und alle sind beschäftigt. Binnen Sekunden bin ich dank meines gekonnten Sturzfluges auf der Tischdecke und renne zum Bierglas. Mit einem gezielten Hüpfer sitze ich auf dem Rand und betrachte die exakte Schaumkrone. Gekonnt gezapft, finde ich. Ich bewundere die Bierblume, doch für meine bevorstehende Tat ist sie eher hinderlich.

Ich vergewissere mich nochmals, dass ich für mich bin, schließe meine Lider zu Schlitzen und blicke mich wie ein wachsamer Tiger um. Es ist perfekt. Es kann losgehen. Jetzt oder nie! Ich spüre ein Kribbeln in den Füßen. Das Verbotene bereitet mir innerliche Freude und ich grinse in mich hinein. Meine Augen klappen zu, ich höre auf zu atmen und tauche mein Gesicht vollständig hinein. Ich öffne meinen Schnabel und meine Zungenspitze schleckt den Schaum. Die Gasbläschen zerspringen und Biermoleküle benetzen meine Zunge. Mein Verlangen wird dominanter und mein Verstand hat bereits ausgesetzt. Ich durchstoße die lästige Krone und versinke tiefer im Glas. Wie ein Klappmesser bewegt sich mein Schnabel und erreicht den goldgelben Saft. Ich rieche seinen herben Duft und trinke und trinke und trinke. Oh, schmeckt lecker. Der Gedanke amüsiert mich und ich schlürfe weiter. Mein Gehirn meldet sich kurzzeitig zurück und verkündet mir, dass ich genug habe. Dem Befehl gehorchend richte ich mich auf und springe vom Bierglas.

Das Endergebnis meines gewählten Experimentes kann sich sehen lassen. Ich stimme den Männern ausnahmsweise zu. Das Bier ist köstlich. Der hopfige Geschmack mundet mir. Der Bierschaum schwimmt in meinen Augen und ich bemerke meinen getrübten Blick. Ich versuche mein Gegenüber zu fokussieren. Vorsichtig blinkere ich mehrfach mit den Lidern und rolle meine Augäpfel, damit ein Scheibenwischereffekt entsteht und meine Pupillen wieder klar sehen können. Ich spüre, dass es in meinen Ohren anfängt zu rauschen, dumpfe Töne dringen vor und ich fange an zu schwanken. Huch, was war passiert? Meine Gedanken schlagen Purzelbäume. Ich kichere. Kann ich als Wellensittich überhaupt kichern? Die ganze Sache ist mir im Moment völlig unklar. Ich versuche meine elegante Körperhaltung zurückzugewinnen, stolpere allerdings über meine verkorksten Füße. Ich küsse die Tischdecke, rolle mich schwerfällig zur Seite und wie durch einen Dunstschleier sehe ich riesige Schatten über mir.

»Jetzt seht euch den Piepmatz an!«

»Ich wusste es, der ist böse und verrückt, dieser Schnabelhacker.«

»Ach, seid lieb. Jerry wollte mitfeiern und wie wir alle ein Bierchen trinken. Prost, mein Lieber!«

Die drei Männer bauen sich direkt vor mir auf, sodass mir angst und bange wird. Sie glotzen mich mit ihren geröteten Augen an. Gleichzeitig prosten sie sich zu, schlagen ihre Biergläser scheppernd aneinander und grölen den nächsten Trinkspruch durch das Esszimmer.

»Flüssig Brot macht Wangen rot! Und das Bier den

Jerry tot!«

Das männliche Gebrüll verwandelt sich in ein lautstarkes Gelächter. Sie halten sich ihre Bäuche, klopfen sich gegenseitig auf die Schultern, vergießen Lachtränen und zeigen abwechselnd auf mich. Gemeinheit!

»Oh. Jetzt geht ihr aber zu weit.« Mutschs liebreizende Stimme dringt an mein Ohr. Meine Rettung naht!

»Das stimmt. Jerry ist betrunken und ihr macht euch über ihn lustig. Seht, wie niedlich er dreinschaut! Das ist süß.«

Sandra senkt sich zu mir herunter, hebt mich behutsam auf und streichelt meinen Kopf. Betrunken? Von den paar Tröpfchen Bier? Unfassbar! Plötzlich fallen mir die taumelnden Elefanten und der verräterische Marula–Baum ein. So oder so ähnlich haben sie sich also gefühlt. Ich spüre das dringende Bedürfnis nach Schlaf.

»Ich bringe ihn zu den Kindern, sie werden sich um ihn kümmern", höre ich Sandra noch sagen.

Ich habe jegliche Zeitorientierung verloren. Es ist bereits hell und ein Kaffeeduft liegt in der Luft. Aus der Küche höre ich es klappern und werkeln. Alle scheinen bereits aus den Federn gesprungen und auf den Beinen zu sein. Ich blicke mich vorsichtig um und sehe, dass ich in Anjas Bett auf ihrem Kuschelkissen liege. Habe ich hier etwa die ganze Nacht verbracht? Ach du Schreck, ich habe es vergessen. Filmriss, das komplette Programm. Ich sinke in mich zusammen. Mein Bauch grummelt, ein Würgereiz schleicht sich hoch, in meinem

Schädel pocht es und die Augen offen zu halten fällt mir schwer. Ich glaube, ich mache die Glubscher zu, nur ein wenig dösen, ganz kurz. Vielleicht habe ich bloß geträumt, einen bösen, schrecklich gemeinen Traum.

Ob es diese merkwürdigen Kopfschmerztabletten in Miniausführung gibt?

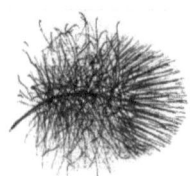

Geschichte wird geschrieben - eine neue Epoche
bricht an

Mutsch und Vater sind auf einem Betriebsausflug in Polen. Und wir drei sind hier geblieben oder besser mussten hierbleiben. Das ist weder dramatisch noch schlimm. Im Gegenteil, wir genießen diese elternlose Zeit. Es ist niemand da, der einem sagt, dass das Zimmer katastrophal aussieht und dringend eine Säuberung benötigt. Eine himmlische Ruhe in unserem Mini-Universum. Wir treffen unsere eigenen Entscheidungen. Anja geht zur Schule, Paul zur Ausbildung und ich hüte, wie sollte es anders sein, das gemütliche Heim. Wir sind verantwortungsbewusst. Auf uns können sich die Eltern verlassen.

Es ist Donnerstag und sehnsüchtig warte ich auf Anjas Rückkehr. Sie hat mir hoch und heilig versprochen, mit mir zu spielen, zu schmusen und vor der Glotze abzuhängen. Das wird toll. Ich starre aus dem Fenster und beobachte das Treiben vor unserem Haus. Einige Leute flitzen mit ihren Einkaufstaschen zur Haltestelle und fixieren die Richtung, aus welcher ihre Straßenbahn kommen muss. Ob sie wirklich glauben, die Bahn damit schneller ranschauen zu können? Andere wiederrum stehen wild gestikulierend nebeneinander und verpassen fasst das Einsteigen. Auch hier, in meiner Ruhe mit mir, spüre ich die nahende Detonation. Die Luft ist gefüllt mit Emotionen, Willen, Kraft und unsagbarer positiver Energie. Ich vermute, dass diese geballte Sprengkraft sich kaum noch zurückhalten kann und explodieren muss.

Es ist eine aufregende und berauschende Zeit. Täglich kommen jungfräuliche Nachrichten hinzu und es wird überreichlich diskutiert. Von einem Umbruch ist seit Wochen, Monaten die Rede, erst flüsternd hinter vorgehaltener Hand, dann lauter werdend in den Montagsmärschen und gegenwärtig öffentlich ohne Scham und Furcht. Es gibt kein Halten oder Jammern mehr, es folgen Taten. Wir schreiben das Jahr 1989, genauer gesagt, es ist der 9. November.

Während ich meinen Gedanken nachhänge, schleicht sich Anja herein.

»Buh, erwischt«, brüllt sie in mein Ohr.

Vor Schreck stehen mir meine Federn ab und ich mache einen Hopser in die Luft, als wäre ich eine Katze. Sie hätte damit einen Herzinfarkt auslösen können.

»Oh, entschuldige. Ich wollte dich bloß leicht erschrecken. Komm Jerry, wir schmusen!«, fordert sie mich auf und das lasse ich mir natürlich nur einmal sagen. Sofort starte ich durch und lande auf Anjas Schulter.

Wir lümmeln uns auf das Sofa und Anja krabbelt meinen Kopf, während sie ununterbrochen vom Schultag erzählt. Ich versuche mich auf die Sätze zu konzentrieren, aber gleichzeitig möchte ich meine

Massage genießen. Diese unzähligen politischen Verstrickungen und die daraus resultierenden Ergebnisse sind schwer zu verstehen. Warum gibt es zwei deutsche Länder und nicht eins? Und wieso haben wir unser Land abgegrenzt und zusätzlich eine Mauer gebaut? Warum sitzen Menschen in sogenannten Botschaften fest und müssen dort zelten? Das ist alles erdrückend viel für mein kleines Köpfchen, dabei gebe ich mir wirklich Mühe. Mein Entspannungslevel gewinnt die Vorherrschaft und ich drifte ab in die unendlichen Weiten der Gelöstheit. Anjas Redeschwall erfasse ich als Hintergrundmelodie.

»Jerry, du Schlafmütze. Aufwachen!«, erbost sie sich und beendet unsanft mein Dämmerstündchen.

»Einen Tag möchte ich gerne einmal du sein, mein Süßer. Das würde mir gefallen. Dann könnte ich stundenlang Quatsch machen und werde zur Belohnung gekrault«, schwärmt sie mir mein Leben vor, während sie mich auf ihre Schulter platziert.

Wenn sie wüsste, wie langweilig mir oft ist. Sie dagegen darf die Welt erleben, Freunde treffen und heimkehren. Ich sehe das Positive, Jammern ist keine Option. Ich besitze weit mehr als andere, ein warmes Nest, reichlich Futter und liebende Lebensgefährten.

Wir vertrödeln die Stunden und landen letztendlich wieder auf der Couch. Anja schaltet den Fernseher ein und die Bilder einer Pressekonferenz erscheinen. Sie ermahnt mich zur Ruhe und gebannt starren wir auf den Flimmerkasten. Die Eintönigkeit des Wortschwalles ermüdet mich. Um 18.58 Uhr dann der Schock. Das

Politbüromitglied Günter Schabowski verkündet die beschlossene Regelung zur Ausreise jedes Bürgers über alle Grenzübergangspunkte der DDR. Anja starrt mich mit weit aufgerissenen Augen an. Ich spüre, hier passiert gleich etwas Bedeutendes und konzentriere mich auf die folgenden Worte. Auf Nachfrage eines Journalisten, wann diese Regelung in Kraft tritt, antwortet Schabowski: »Nach meiner Kenntnis sofort, unverzüglich.«

»Jerry, hast du das gehört? Alle können ausreisen. Wahnsinn«, Anja schreit mich an, dabei hocke ich direkt neben ihr. Sie springt auf und rennt im Wohnzimmer minutenlang auf und ab.

»Mist. Was machen wir jetzt? Wo ist Paul überhaupt?«

Wie abgesprochen hören wir es an der Wohnungstür klappern und Paul stürzt herein.

»Hast du gehört? Die machen die Grenzen auf! Ich fahre rüber«, ruft er uns entgegen und biegt in sein Zimmer ab.

»Wie, du fährst rüber? Und ich?«, fragt Anja nervös und hastet ihm hinterher.

»Ich nehme das Motorrad. Jetzt gleich. Ich will mich nur umziehen.«

Er kramt seine Motorradsachen aus dem Schrank und beginnt diese anzuziehen.

Ein rasantes Wortgefecht entsteht zwischen den beiden. Ich fliege auf meinen Käfig und beobachte sie.

»Ich komme mit«, schreit Anja. »Warte kurz, ich ziehe mir schnell etwas Warmes an.«

»Nee, du bleibst Zuhause. Ich bin mit meinen Kumpels verabredet.«

»Was?«, tobt sie erneut. »Du musst mich mitnehmen oder willst du mich wirklich allein lassen?«

Allein, wieso allein? Was ist mit mir? Ich bin sonst derjenige, der einsam ist! Könntet ihr bitte ausnahmsweise an mich denken? Um meinen Gedanken Ausdruck zu verleihen kreische ich los und füge ein: »Böser Jerry, komm!« hinzu. Beide Kinder sehen mich verdutzt an.

»Du auch noch oder was? Noch mehr Wünsche? Ich glaube, ihr dreht völlig durch.«

Paul fasst sich an die Stirn und schüttelt den Kopf.

»Das kannst du nicht machen. Was, wenn sie die Grenzen wieder zumachen und du dort drüben festsitzt? Was dann? Bitte nimm mich mit«, fleht Anja ihn an.

Genau, nimm uns mit, denke ich. Stopf mich in eine Kiste mit kleinen Löchern, aber pack mich ein! Mein hilfloses Piepsen erschallt im Raum.

»Egal, ich fahre trotzdem. Die werden die Grenzen offen lassen. Mit den Motorrädern sind wir flexibler als die Trabbis. Alles wird gut.«

»Paul, bitte, nimm mich mit. Was soll ich Mutsch sagen, wenn sie wiederkommen und du weg bist?«

Wasser steigt in Anjas Augen auf und fließt langsam ihre Wange herunter.

Paul hingegen schnappt sich seinen Helm und den Schlüssel vom Flurschränkchen und mit einem Knall ist er aus der Wohnung verschwunden. Schulterhängend steht Anja im verlassenen Flur und starrt zur Tür. Unaufhaltsam tropfen ihre Tränen vom Kinn. Schweigsam sitze ich auf ihrer schmalen Schulter und denke nach. Wir bleiben in dieser angespannten Position. Anja schnieft, reibt die Augen und stöhnt. Ich tue es ihr gleich, möchte mich mit ihr verbrüdern, ihr sagen, ich bin da und bei ihr, gemeinsam sind wir stark, und atme hörbar laut aus. Durch das gekippte Küchenfenster hören wir den Motor starten, das Klicken des Seitenständers und wenig später ein leiser werdendes Brummen der Räder auf dem Straßenasphalt. Als ob ein Schalter umgelegt wurde, kehrt das Leben in unsere Körper zurück. Wir treten zum Fenster und sind erstaunt über die Lichter in den Zimmern der Nachbarhäuser. Ringsum flackert und blinkt es.

»Jerry, siehst du das? Die beleuchteten Räume? Jeder hat seinen Fernseher an. Komm, lass uns schauen, was die Nachrichten bringen.«

Die Ereignisse an diesem Abend und in der Nacht überschlagen sich. Anja schaltet zwischen den Sendern hin und her. „Aktuelle Kamera" und die „Tagesschau", alle Nachrichtenportale bringen die Berichte und später die ersten Bilder unter das Volk. Wir haben zusätzlich das Radio eingeschaltet und auch dort wird über diesen ereignisreichen Moment der Maueröffnung gesprochen. Einige Grenzposten, unmittelbar überfordert mit der Tatsache, dass Menschenmassen friedlich vor ihnen stehen und sie keine Befehle erhalten, öffnen die Schlagbäume. Unbekannte Männer und Frauen liegen sich in den Armen, weinen und lachen gemeinsam, trinken Sekt und sehen glücklich aus. In Berlin erobern die Menschen mittlerweile die Mauer oder gehen durch das Brandenburger Tor. Trabbis, Wartburgs, Ladas und alle nur denkbaren Fahrzeuge drängen sich auf der A2 in Richtung Helmstedt/Marienborn. Dort irgendwo mittendrin ist unser Paul.

»Jerry, schau, wie sie alle jubeln und scherzen. Hoffentlich bleiben die Grenzen auf. Sonst haben wir ein Problem und Paul ist weg. Was soll ich machen? Wie erreiche ich bloß die Eltern?«

Umtrieben von Freude, Angst und Mitgefühl rollen bei Anja erneut die Tränen, ihr Herz scheint zu rasen und ihr Kopf zu qualmen. Wir nehmen uns eine Decke, kuscheln uns eng aneinander und geben uns das gegenseitige Gefühl der Verbundenheit. Stimmen, Bilder, Emotionen rauschen an uns vorbei. Wir können die gewaltige Kraft kaum erfassen und schlafen früher oder später ein.

In meinem Alptraum klopfen Hunderte Menschen unterschiedlicher Generationen mit Hammer und Meißel an den bunt beschmierten Mauersequenzen und schlagen sich Erinnerungsstücke ab. Was für eine verrückte Idee. Ein Klicken weckt mich und ich starre schlaftrunken in Pauls Augen, welche direkt vor mir schweben und piepse auf.

»Los, ab ins Bett! Ich brauche wenigstens 3 Stunden Schlaf, bevor ich zur Arbeit muss.«

Paul ruckelt Anja wach. Sie murmelt etwas Unverständliches, öffnet schließlich die Lider und gafft ihn erschrocken an.

»Ein Glück, du bist zurück. Gute Nacht«, mit diesen Worten watschelt sie in ihr Bett. Ich hingegen fliege in meinen Käfig, verschanze mich in die hinterste Ecke, verstecke meinen Schnabel im Gefieder und schlummere weiter. Es ist zu spät oder eher zu früh, um nachzudenken.

Gefühlte Sekunden später beginnt der morgendliche Wahnsinn mit der Rangelei im Bad. Ich halte mich raus. Die in mir steckende Müdigkeit lähmt mich. Ich kann weder meinen Hirsekolben fressen, noch habe ich das dringende Bedürfnis, mein Ritual auf der Kinderzimmertür durchzuziehen. Ehrlich gesagt bin ich froh, wenn beide Menschlein aus dem Hause sind und ich meine verdiente Ruhe habe. Der letzte Tag und die unruhige Nacht haben mich geschafft. Ich muss die Ereignisse sacken lassen.

»Gestern jammerst du mir die Ohren voll, ich soll dich mitnehmen und jetzt? Los, fertig werden!«, fordert Paul Anja auf und schiebt sie zur Seite.

»Sag, wie war es? Oh Mann, jetzt erzähl oder muss ich dir alles aus der Nase ziehen?«

Wie ein aufgedrehtes Huhn gackert sie um Paul herum, der daraufhin sichtlich genervt die Badezimmertür zuschlägt. Ich verstaue mein Gesicht tiefer hinter dem Flügel, doch der Lärm dringt weiterhin zu mir.

Polternd öffnet Paul das Badezimmer und klappert im Flur mit seiner Jacke und dem Schlüssel herum.

»Was denkst du? Voll, überall Menschen. Stau auf der Autobahn. Aber direkt hinter der Grenze haben sie uns herzlich begrüßt und umarmt. Es war der Wahnsinn. Ich muss los. Bis später, Nervensäge.«

Ohne eine Reaktion abzuwarten, ist Paul verschwunden.

»Selber Nervensäge oder besser Trottel. Danke für das

Gespräch«, beleidigt greift Anja ihre Schultasche und verschwindet ebenfalls aus meinem Hörkreis.

Ruhe kehrt ein. Sonst empfinde ich diese Einsamkeit als unerträglich und sehne mir meine Liebsten herbei, aber heute ist es eine Wohltat. Ich fliege auf die Lampe und besuche den alten schrumpeligen Narren aus unseren Kindertagen. Ich bin erstaunt, dass er mich mit seiner Anwesenheit tröstet und beschließe ein Weilchen bei ihm zu bleiben und weiter zu träumen.

»Hallo Jerry. Ich habe eine Geschichte für dich. Hör zu! Das war ein Tag.«

Es sprudelt aus Anjas Mund heraus, als wäre es eine defekte Fontäne des Brunnes vor unserem Haus. Ich platziere mich auf ihrer Hand und verfolge interessiert den Wortschwall. Vielerlei übersteigt meine Bildung, sei es politisch oder auf der menschlichen Ebene, aber ich weiß, dass ein zustimmendes Nicken dem Gesprächspartner Interesse signalisiert und deshalb nehme ich diese Körperhaltung ein und bewege meinen Kopf, bis mir der Hals wehtut.

»Stell dir vor, die Direktorin ist in alle Klassen gegangen und hat geschaut, ob Schüler fehlen. Wie du weißt, wurden gestern Abend die Grenzen geöffnet. Sie hatte Angst, dass keiner zur Schule kommt. In meiner Klasse hat niemand gefehlt. Na ja, wir sind nur 15 Leute«, achselzuckend fährt sie fort. »Und nach der Mittagspause hat unsere Klassenlehrerin mitgeteilt, dass die Schulleitung beschlossen hat, dass morgen die Schule ausfällt. Samstag, keine Schule. Toll, oder?«

Ich möchte antworten, öffne meinen Schnabel, hole

Luft, allerdings ist Anja schneller und plappert weiter.

»Begründet haben sie es damit, dass jeder Bürger in den Westen fahren will, aber ich glaube, das wollen die Lehrer selber. Und wenn wir bis mittags Unterricht haben, ist es zu spät. Sie schieben den schwarzen Peter weiter. Aber gewundert hat mich, dass die Lehrerin meinte, die Direktorin hätte gesagt, dass sie sich freuen würde, am Montag alle Schüler wohlbehalten wiederzusehen. Das schreit ja fast danach, als hätten sie die Befürchtung, wir bleiben im Westen.«

Anja schüttelt den Kopf, lacht flüchtig auf und gibt mir einen Kuss auf die Nase.

»So ein Quatsch. Wir wohnen hier, das ist unsere Heimat. Wofür wurde demonstriert?«

Ihre Augen weiten sich und glotzen mich fragend an.

»Richtig, mein Schöner. Für Meinungsfreiheit und Reisen in Länder, die bis jetzt unerreichbar waren, für ein besseres Leben. Wir wollen keinen Luxus, aber besser. Die meisten meiner Klassenkameraden sehen das genauso. Unsere Freunde und Familien wohnen hier.«

Genau! Wir besitzen ein warmes Nest und meistens genug zu futtern. Natürlich weiß ich, dass die Vielfältigkeit durch den eigenen Schrebergarten gegeben ist, dass es oft sogar an meinem Körnerfutter mangelt, aber Essen hatten wir stets auf dem Tisch. Ob mir das mit der Reisefreiheit gefällt, muss ich mir gründlich überlegen. Wenn es bedeutet, dass meine Liebsten überwiegend verreisen und ich in die Pension Sandra-Jürgen-Uhren muss, dann könnte ich mir vorstellen, dass meine Wünsche anders aussehen. Das bleibt abzuwarten.

»Ach ja, übrigens war niemand aus meiner Klasse gestern Nacht unterwegs. Allesamt saßen gebannt vor dem Fernseher und haben gestaunt. Genauso wie wir beiden Süßen. Weißt du, was das Beste ist?«, fragt sie mich amüsiert.

Ich schaue leicht irritiert in die Runde und flattere aufgeregt mit den Flügeln.

»Piep?«

»Wir können morgen ausschlafen?«

Mit diesen Worten streichelt sie mir einmal über den Kopf und verschwindet.

Wir trödeln herum. Anja bereitet, wie fast jeden Tag, Spaghetti zu. Sie verspeist die Nudeln traditionell mit Butter und Zucker und ich pur, obwohl ich hausgemachte Tomatensoße bevorzuge. Köstlich! Paul schaut nach der Arbeit vorbei, verputzt die restlichen kalten Nudeln, schnappt sich anschließend seine Motorradkluft und saust davon.

»Jerry, pass auf! Ich bin kurz weg. Aber später machen wir es uns wieder gemütlich.«

Da habe ich wiederholt den Hauptgewinn gezogen. Jeder wandert aus und ich hocke fest. Na prima! Beleidigt fliege ich in meinen Käfig und zerpflücke meinen arglosen Hirsekolben. Die krause Petersilie, die ihre Blätter bereits traurig nach unten hängen lässt und Erinnerungen hervorruft, bekommt ihre Abreibung und landet als kleine eklige grüne Fetzen auf dem Fußboden. Während ich frustrierend meiner Wut freien Lauf lasse, piepste ich vor mich hin, ohne es zu merken.

»Oh Jerry, du singst. Aber deine Liedchen haben früher besser und freundlicher geklungen. Egal, du bist gut gelaunt und somit ich auch.«

Anja zwinkert mir aufmunternd zu, wirft einen flinken Handkuss durch die Atmosphäre und ich verschlucke mich am widerspenstigen Petersilienblatt. Verdattert schaue ich ihr hinterher. Anja ist weg, der Hirsekolben besteht inzwischen aus einem kargen Stängel und die Petersilie ist zerfleddert und bildet einen grün gesprenkelten Teppich unterhalb meines Bauers. Ich habe ganze Arbeit geleistet und kein schlechtes Gewissen dabei. Ich beobachte das Treiben vor unserem Haus. Ich weiß, dass die letzten Stunden von Bedeutung sind und die Menschen aufgewühlt und voller positiver Emotionen. Einige von ihnen flitzen über den Bürgersteig, hasten zur anfahrenden Straßenbahn oder bleiben stehen, um einen Bekannten zu begrüßen und die Sensationen auszutauschen. Ich bin zu weit entfernt, um in ihre Mienen blicken zu können, trotzdem glaube ich, dass in den meisten ein Lächeln und Hoffnung zu finden sind. Diese Hirngespinste beglücken mich. Ich existiere in einer aufregenden Zeit, in einer neuen Epoche mit geschichtlichem Charakter, die unvergesslich ist. Ein feiner Nieselregen setzt ein, der Himmel erscheint in einem hellen Grauton und ich bin erfreut darüber, hier im Warmen zu sitzen und zu sinnieren.

»Ich bekomme eine Krise«, poltert Anja mich an und lässt sich auf die Couch plumpsen.

»Ich fahre extra mit Bus und Bahn zu Sandra und

Jürgen, um im Endeffekt von den Nachbarn zu erfahren, dass sie sich an der Ostsee amüsieren. Toll! Dieser Weg war umsonst. Warum sagt mir das eigentlich niemand?«

Ich setze zu einer Erklärung an, werde mir allerdings schnell bewusst, dass ich die menschlichen Worte kaum aus meiner Kehle bekommen werde und schweige. Stattdessen ziehe ich meinen Joker. Geschwind eile ich zu ihr und zwicke sie liebevoll ins Ohrläppchen.

»Ach ja, wir beide gegen den Rest der Welt. Stimmt's?«

Sie küsst mich, ich schnäble sie. Was wollen wir mehr?

Den Abend verbringen wir größtenteils vor dem Fernseher und verfolgen die Reportagen und Bilder. Laut der Nachrichtensprecher schaut die Welt auf die kleine DDR und ihre friedliche Revolution.

Anja hält ihr Versprechen und wir gönnen uns den Luxus am Samstag ausschlafen zu dürfen. Es ist bereits um die Mittagszeit und wir sind bester Laune. Aus dem alten Radio im Wohnzimmer dröhnt Queen mit »We are the Champions«, ich trällere unverfroren mit und versuche angestrengt den Sänger zu übertönen, während Anja gelangweilt in den bereits matschigen Cornflakes herumstochert. Wie ein Braunbär im Winterschlaf grunzt Paul in seiner Koje und vermutlich träumt er von der Route 66. Sein letzter Kommentar gestern Abend: »Lasst mich morgen in Ruhe dösen. Ich muss mich erholen von den vergangenen Tagen.« Anja und ich blickten uns tief in die Augen. Ehrlich, wir hatten das Gleiche vor und zuckten deshalb synchron mit den Schultern. Eine Erwiderung wäre sinnlos gewesen.

Inmitten unseres Ruhepoles bimmelt es.

»Oh nein, wer ist das? Hoffentlich kein Kumpel von Paul«, höre ich Anja genervt sagen.

Gemächlich erhebt sie sich von ihrem Küchenstuhl und schleicht in einer Ausgeglichenheit Richtung Tür. Da ich meine mir von Natur aus gegebene Neugier nicht im Zaum halten kann, fliege ich ihr geschwind hinterher und lande etwas unsanft auf ihrem ungekämmten Kopf. Breitbeinig, um das Gleichgewicht halten zu können, throne ich auf ihrem Haupt. Anja reißt mit einem wütenden Blick die Tür sperrangelweit auf. Prompt in diesem Augenblick knallt die Kinderzimmertür auf und Paul schreit: »Welcher Depp veranstaltet diesen Krach?«

Wäre ich ein Pudel, dann wüsste ich bereits vorher, wer draußen steht. Meine Spürnase hätte die notwendigen Botschaften vorab geschnüffelt und an das Gehirn zur Verarbeitung weitergeleitet. Aber der Geruchssinn eines Wellensittichs ist weitaus geringer ausgeprägt als bei einem Vierbeiner. Somit überrollt uns der dargebotene Anblick wie eine gigantische unerwartete Ostseewelle. Wie verhext und zu einer Säule versteinert stehen wir im Weg. Unsere Kehlen fühlen sich an wie eine Wüste. Anjas Finger umklammern weiterhin die Klinke. Pauls Brüllanfall stirbt abrupt ab. Als Erste kommen meine Lebensgeister zurück und ich starte laut flatternd los. Als ob ich einen Knopf gedrückt hätte, setzt sich Anja in Bewegung und fällt Mutsch um den Hals.

»Endlich seid ihr wieder da«, krächzt sie.

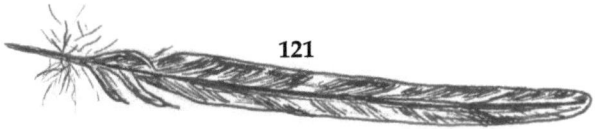

Vater, der die Taschen trägt, schubst Mutsch weiter herein.

»Lasst uns reinkommen und uns ausziehen«, mahnt er.

Es gibt Tage, da überfordert mich diese Gefühlsduselei, aber heute bin ich gerührt von der Überraschung und brauche dringend eine Umarmung. Diese hole ich mir in Form eines Kopfküsschens bei Mutsch ab.

Von den ersten Schrecksekunden erholt, zieht sich Paul in sein Zimmer zurück, um kurz darauf angekleidet die Eltern zu begrüßen.

»Schon zurück?«

Seine Stirn liegt in Falten und die blondierten Haare stehen in alle Himmelsrichtungen ab. Er sieht fürchterlich aus.

Wir setzen uns auf das Sofa und Mutsch erzählt.

»Wir haben polnische Nachrichten geschaut. Und es war schlimm. Wir sahen Menschen über Menschen, die in Berlin auf der Mauer saßen und andere, die mit ihren Trabbis über die Grenzen fuhren.«

Sie schluckt und fuchtelt wild mit den Händen herum.

»Wir hatten einen Dolmetscher dabei«, fährt Vater fort, »den haben wir gefragt, was es zu bedeuten hat.«

»Und wisst ihr, was der gesagt hat?«

Mutter blickt uns prüfend an. Wir schütteln unsere Häupter und verneinen.

»Er übersetzte«, Mutsch wirkt affektiert, »alle Grenzen offen, alle Menschen weg, DDR leer.«

Sie legt eine Pause ein.

»Genauso war es. Wortwörtlich!«

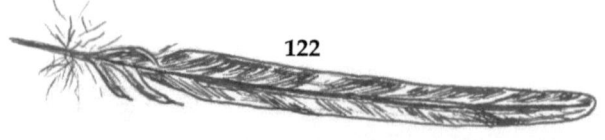

Fassungslos klappen uns die Münder bzw. der Schnabel runter. Unglaublich! Was für ein Unfug? Was war das für ein Dolmetscher? Das hätte ich mit meinem Gepiepe besser hinbekommen.

»Sprachlos waren wir, überrascht, aber vor allem überfordert«, ergänzt Vater.

»Wir starrten auf die Bilder und dachten an euch.«

Mutsch rückt näher heran und greift nach Pauls Hand.

»Natürlich wollten wir nach Hause. In dieser Nacht ging leider nichts mehr. Auch am nächsten Tag war es schwierig, aktuelle Informationen über die Lage im Land zu bekommen und die Rückfahrt anzutreten.«

Vater nickt zustimmend.

»Als wir es nicht mehr aushielten, haben wir Druck auf die Verantwortlichen ausgeübt und konnten am frühen Freitagabend endlich losfahren. Jetzt sind wir hier.«

Mutschs Augen glänzen und ihre Mundwinkel zaubern ein Lächeln hervor.

»Wir sind froh, dass es anders ist, als der Dolmetscher sagte. Wir hatten Angst um euch. Zum Glück seid ihr unversehrt. Wer weiß, was passiert wäre, wenn die Grenzen wieder geschlossen worden wären. Fürchterlich. Die Regierung hätte viele Bürger aussperren können, sie wären nie wieder nach Hause gekommen.«

Meine Augen funkeln Anja an, ihr Augenpaar wirft Blitze zu Paul und er wiederum zwinkert mir triumphierend zu. In diesem Moment weiß ich, dass wir drei dasselbe dachten.

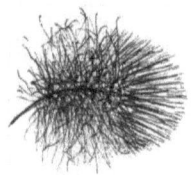

Es kommt, wie es kommt!

Oh, nein. Es ist passiert.

Dabei dachten wir, wir hätten alle Zeit der Welt. Aber nix da. Irgendeine unsichtbare Macht hat sich gegen uns verschworen und gönnt uns keine Ruhe. Mutsch, Vater und ich wollten lediglich in Frieden durchatmen. Die Seelen in den eigenen vier Wänden baumeln lassen. Doch das Theater geht von vorne los.

Ich weiß genau, was mir blüht. Ständig darf ich mich aufreiben, muss andauernd auf der Hut sein und kann sie keine Sekunde aus meinen Adleraugen lassen, sonst habe ich definitiv verloren. Noch einmal ausgeschlossen oder gar vergessen zu werden, das wäre unerträglich. Diese nervenaufreibenden Anstrengungen haben mich bereits meine herrlichsten Schwanzfedern gekostet. Aber geschafft habe ich es trotzdem.

Überreichliche Kopfarbeit und üppiger Körpereinsatz waren dabei vonnöten. Mehrere Stunden, ach, was quassel ich? Etliche Tage habe ich gebraucht, um einen relativ normalen Alltag herzustellen und meine Rechte durchzusetzen.

Manchmal glaube ich wirklich, diese Jugendlichen spinnen. Erst tun sie, als wäre ICH das Liebste in ihrem Universum und dann, wie aus heiterem Himmel, übersehen sie mich.

Außerdem musste ich um das tägliche Futter kämpfen. Futterneid? Quatsch. Ich bin nur einen Wimpernschlag davon entfernt durchzudrehen. Meine Devise lautet, wer zuletzt kommt, sollte als Letzter bedient werden. Basta. Wo bleibt sonst die Gerechtigkeit? Noch dazu, da ich in einer permanenten Abhängigkeit zu meinen Futtergebern stehe. Bis dato ist mir jedenfalls unbekannt, dass jemals ein Wellensittich mit Einkaufsbeutel in einer Kaufhalle gesichtet wurde, oder?

Zuerst stand ich ziemlich lange auf der imaginären Leitung. Vater faselte, er müsse sich den Vogel erst einmal anschauen. Erschrocken blickte ich von meinem Hirsekolben auf. Das gerade geöffnete Korn kullerte mir dabei aus dem Schnabel und ich hörte genau zu. Diese Wiederholungen, schoss es mir durch den Schädel. Das Thema mit einem Kumpel für mich hatten wir längst abgehakt. Wer kam denn jetzt wieder auf diese glorreiche Idee, mir einen Sinnesgenossen anschaffen zu wollen? Ich wollte weder ein Federvieh noch eine Katze.

Dann begriff ich allerdings, dass es sich hierbei kaum um einen Freund für mich handeln konnte. Mutsch sagte, die Geschichte mit den gefundenen Kondomen auf unserem Balkon hatte ihr gereicht. Ah! In diesem Moment fiel bei mir der tonnenschwere Groschen.

Unser Paul hockte normalerweise stundenlang vor dem Haus und bastelte an seinem Moped oder Motorrad herum. Spontan eröffnete er uns, dass er eine

Freundin hat und diese bei uns einziehen muss. Verdutzt schauten wir uns damals an. Paul in Kombination mit einem Mädchen? Unfassbar.

Das ich niemals das Alpha-Tierchen in unserer Herde sein werde, ist klar. Das ist unumstritten Mutsch. Allein diese unendliche Verantwortung, null für meine schwachen Nerven.

Mutsch ist die Liebe in Person. Immer friedlich, immer gut gelaunt und immer für uns da. Egal, was ist, auf Mutsch ist Verlass. Aber wehe, wenn sie laut wird. Oh, dann wissen wir, dass wir Blödsinn angestellt oder gar etwas ausgefressen haben. Flugs wird gehört und keinesfalls diskutiert. Wenn Mutsch etwas sagt, dann ist es ein Gesetz, ohne Wenn und Aber.

Als ich einst genauer darüber nachdachte, fand ich das Bild der Familienerweiterung förderlich. In meiner Fantasie sah unser Alltag durch diese Bereicherung ziemlich lustig aus. Ich dachte, dass eine plötzliche Großfamilie für mich Vorteile bedeuten würde. Dann wäre jederzeit jemand zugegen und für mich da. Vielleicht hätte ich die Qual der Wahl. Wen nehme ich heute zum Schmusen? Wer darf mir meinen Hirsekolben holen? Wer ist mein Taxi von A nach B? Eine geniale Vorstellung.

Nach einigen Besprechungen und aufgestellten Regeln unter den Menschlein zog Pauls Freundin bei uns ein. Vorab musste er Platz in seinem Zimmer schaffen und deshalb wanderte ein Schrank auf den Balkon. Ein paar Tage später räumte Mutsch diesen auf und entdeckte eine Schachtel mit Kondomen im Schubkasten.

Beim Abendessen, es kauten gerade alle genüsslich an den überbackenen Hawaii-Toasten, landeten einzelne bunte Tüten mitten auf dem Tisch. Mutsch klatschte vergnügt in ihre Hände und grinste in die Runde.

»Ich muss sagen, sportlich. Jetzt finde ich diese Dinger im Kinderzimmer und auf dem Balkon. Dies scheint ein ideales Verweilörtchen zu sein. Glücklicherweise sind sie verpackt.«

Von meinem Aussichtspunkt aus, Anjas Schulter, beobachtete ich gespannt das mir gebotene Schauspiel. Der Höhepunkt war in weiter Ferne. Mutsch verspeiste unterdessen genießerisch ihre Röstschnitte. Paul fiel das Messer krachend aus der Hand. Er erschrak und verschluckte sich. Eine Hustenattacke folgte und ich fragte mich, ob er unter einem extremen Asthmaanfall litt. Claudia hingegen lief dunkelrot an. Diese jungfräuliche Nuance ihrer Gesichtsfarbe stand im Kontrast zu ihren rötlichen Haaren und erinnerte mich an Pumuckl. Vater schüttelte den Kopf und murmelte Unerklärliches vor sich hin. Anja hielt sich die Hand vor den Mund und kicherte. Ermahnend biss ich in ihr Ohrläppchen und brachte sie zum Schweigen. Mir war bewusst, dass sich gerade ein wichtiges familiäres Ereignis abspielte und ich wollte keine Szene durch unnötiges Gelächter verpassen. Während Anja sich das Ohr rubbelte, schaute sie mich mit strengem Seitenblick an. Mich hingegen faszinierte das silbrige Papier der quadratischen Beutel. Um Anjas Blicken auszuweichen, flog ich hin. Eine schwierige Entscheidung präsentierte sich mir. Rings herum glänzte und glitzerte es.

Kurzentschlossen schnappte ich mir eines der mir gebotenen Exemplare, verwarf es sofort wieder und griff zum zweiten, welches unter meiner Kralle lag. Ich entschied mich um, schleuderte ein drittes Tütchen gekonnt in Pauls Richtung und stibitzte mir ein weiteres Stück mit meinem Schnabel. Kaum hörbar entstand ein winziger Pfiff und ich zuckte zusammen. Letztendlich hatte ich jeden Beutel einmal berührt und sortierte sie abschließend nach den Regenbogenfarben.

»Toll,«, witzelte Mutsch, »die Lotterie beginnt. Ich hoffe, ihr habt noch Geld für Neue.«

Dieser Satz war für Vater eindeutig zufiel. Ruckartig sprang er von seinem Stuhl auf und polterte, vor sich hin meckernd, aus dem Raum. Anja brach endgültig in schallendes Gelächter aus. Claudia rannte heulend auf die Toilette und blockierte diese stundenlang. Paul räumte indessen den verräterischen Schrank, wie er ihn fortan nannte, komplett leer. Ich machte in Gedanken drei Kreuze. Einige Monate später erblickte Jan das Licht dieser Welt. Ob ich einen Anteil daran habe? Das würde ich auf jeden Fall abstreiten.

Anja stand weiterhin regungslos im Türrahmen und wartete geduldig die ersten Reaktionen von uns ab. Ich möchte die Stimmung heben und beginne ein Liedchen zu trällern.

»Jerry, halt den Schnabel. Dein Kommentar ist hier völlig unangebracht und überflüssig. Du hast kein Mitspracherecht«, brüllt Vater mich an.

Mein letzter Ton entscheidet sich intuitiv um und verflüchtigt sich zurück in meine Kehle. Ich sehe mich bestürzt um. Vaters Worte verletzen mich zutiefst. Ich hatte weder vor Partei zu ergreifen noch eine Randbemerkung abzugeben.

»Lass Jerry in Ruhe!«, donnert Anja zurück.

Sie nimmt mich auf ihre Hand und streichelt zärtlich meinen Kopf. Dies ist ein angemessener Trost für meine angekratzte Psyche.

»Außerdem bitte ich dich, nett zu Oliver zu sein.«

Jetzt beschließe ich eine Seite zu wählen. Anjas Flanke erscheint mir angemessen und legitim.

Ich erinnere mich deutlich, dass es letztendlich bei Claudia mit meiner Strategie und ihrer unausgesprochenen Zustimmung geklappt hatte. Unsere anfänglichen Schwierigkeiten, meine Eifersucht oder ihre, hatten wir einvernehmlich lösen können. Paul wurde zum Besitz von uns beiden erklärt. Wenn es mir mit dem menschlichen Geschmuse zu viel wurde, zog ich mich elegant zurück und suchte mir ein anderes Opfer für meine eigenen Liebkosungen. Doch, wenn Claudia als Krankenschwester die Kinderchen betreute, gehörte Paul mir und ich genoss seine Streicheleinheiten mit jeder Faser meines Körpers.

Ich entscheide, meine bereits erprobte Taktik bei diesem Oliver anzuwenden. Ich weiß, ich muss von Anfang an klare Fronten ziehen und zeigen, wer von uns beiden Liebsten bei Anja das Alphatierchen ist.

Die Einführung in unsere Familie ging gehörig daneben. Obwohl Anja ihre Wünsche zur Freundlichkeit und zum Respekt im Vorfeld äußerte, betrachtete Vater sein Tun als richtig und drückte Oliver ohne eine

Begrüßung getätigt zu haben eine Kiste mit Getränkeflaschen in die Hand und sagte knapp: »Kommt alles in den fünften Stock.«

Ich versuche Anja zu beruhigen und knabbere sanft ihr Ohrläppchen. Sie schiebt Oliver in ihr Zimmer, schüttelt dabei unentwegt den Kopf und flüstert eine Entschuldigung. Oliver versucht sie zu besänftigen.

»Lass, ist egal. Du hast es mir vorhergesagt.«

Ich möchte ihm beipflichten, bestätigen und fliege dazu auf seine Schulter. Zustimmend nicke ich mit meinem Köpfchen und schlage die Flügel ein wenig.

»Hey, Anja. Beruhige dich! Stell mir lieber diesen aufdringlichen Vogel vor. Ich befürchte, mit ihm werde ich weitaus mehr Probleme bekommen«, fordert Oliver sie auf und stiert mich mit einem Augenzwinkern an.

Wie aufdringlich? Zustimmend und dich prüfend, das wären die richtigen Worte gewesen. Pah!

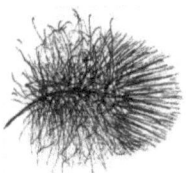

Onkel Kurt

Onkel Kurt ist Mutschs älterer Bruder. Ich möchte ihn als einen ruhigen Zeitgenossen unserer Familienbande beschreiben. Regelmäßig besucht er uns. Mutsch schneidet ihm seine lockigen Haare und den Vollbart, sodass er anschließend wieder vernünftig aussieht, wie Mutsch zu sagen pflegt. Onkel Kurt ist eher der schweigsame, unauffällige Typ. Aber fleißig ist er.

Er hat für uns einen Bungalow, nebst großzügiger Natursteinterrasse und Goldfischteich, gebaut. Es gibt einen anheimelnden Wohn- und Schlafraum mit einer offenen Küche und ein kleines Bad mit Dusche und WC. Auch an einen Kamin für seine Schwester hat er gedacht. Diesen hätte man an kalten Tagen befeuern können, um anschließend gemütlich bei einer Tasse Kräutertee ins Feuer zu schauen. Leider gab es damals Neider unter den Bretterhäuschenbesitzern in der Gartensparte. Vater hat sich mit dem Vorstand auseinandergesetzt, ausgiebig erklärt und reichlich gesprochen. Doch es gab kein glückliches Ende. Mit zwei weiteren Gartenlaubenbesitzern hatten wir den Kampf gegen die Neidhammel verloren. Der Kaminschornstein endete unterm Dach und gab nie seine Rauchzeichen ab. Schade! Somit ist der Kamin eine bescheidene Zierde des trauten Wochenendheimes geworden.

Im letzten Sommer haben mich meine Liebsten einmal mitgenommen. Anfangs war ich gespannt und neugierig, auf alles, was mich dort erwartete. Die Enttäuschung kam schnell. Mein Käfig wurde auf die Fensterbank mit Blick auf den Teich gestellt. Meine Tür blieb fest verschlossen. Endlose sieben Tage hockte ich bei makellosestem Wetter auf meinen Stangen und flog kein einziges Mal. Reumütig erinnerte ich mich an meine Zeit mit Oma Martha und welchen Krach ich damals bei ihr gemacht hatte. War es die gleiche Situation? Ob meine Familie Angst hatte, dass ich wegfliege? Keine Ahnung!

Für die freien Vögel wurde ich bedauernswerterweise schnell zur sommerlichen Attraktion der Gartenanlage. Spatzen, Meisen, Elstern und das an unserem Teich brütende Entenpärchen amüsierte sich köstlich und verspottete mich unentwegt. Die dicken Goldfische schnappten sich Insekten an der Wasseroberfläche und grinsten mich dabei unverschämt an. Schwermut befiel mein kleines Herz und ich spürte, dass ich unglücklich war. Je mehr Zeit verging, desto ruhiger und stiller wurde ich. Ich schwor auf meinen heiligen Hirsekolben, dass ich den Garten zukünftig meiden würde. Am nächsten Wochenende wehrte ich mich mit Flügeln und Krallen. Ich ließ mich weder einfangen oder mit einem saftigen Apfelstückchen locken. Mein Entschluss stand fest – ich war lieber einsam im Kinderzimmer, als mich erneut von den weit entfernten Verwandten verhöhnen zu lassen.

Meist sitzen wir gemeinsam in der heimischen Küche. Sie ist ein beliebter Ort zum Klönen. Die besten Feiern finden hier statt.

Onkel Kurt raucht und trinkt mit Mutsch Kaffee. Ich bin dabei, entscheide mich dann aber, es ziemlich langweilig zu finden und suche mir eine sinnvollere Beschäftigung. Es kribbelt in meinen Füßen und deshalb hole ich mir meinen grünen Ball und lasse ihn über das Linoleum rollen. Ich gönne mir ein Fußballspiel. Ich kicke ihn geschickt hin und her. Rollert mein Ball in die Nähe von Onkel Kurt, stupst er ihn an und ich renne hinterher. Ein guter Gegner. Jedoch jedes Mal, wenn ich in die Nähe der beiden Kaffeeschlürfer vorrücke, steigt ein seltsamer, unangenehmer Geruch auf. Meine empfindliche Nase reagiert sofort und ich niese heftig. Am Anfang versuche ich den Duft zu ignorieren. Mit der Zeit ekelt es mich an und ich setze meine Atmung teilweise aus. Natürlich kenne ich die Folgen dieser sportlichen Aktivität. Ich spüre es deutlich – mein Seitenstechen verwandelt sich von einem kleinen Klopfen in einen schmerzhaften Hieb. Wohl oder übel, im wahrsten Sinne des Wortes, versuche ich gleichmäßig zu atmen. Dieser bestialische Gestank macht es mir unmöglich, mich auf mein Spiel zu konzentrieren. Kurzeitig entfliehe ich dieser Fäulnis und stärke mich an meinem Fressnapf. Ich knacke die Schalen meiner Körner auf und grüble nach. Was kann ich gegen den Mief unternehmen? Wo kommt er überhaupt her? Wenn ich sonst zum Beispiel als Bowlingkugel in der Küche unterwegs bin, riecht es normal. Lange hocke ich auf meiner Käfigstange und tüftle einen Plan aus. Wie ein Geistesblitz durchfährt es mich. Ich weiß, was ich tun muss. Die erste Mission lautet – Jerry, finde den Fundort!

Vergnügt futtere ich die letzten Körner und fliege zwitschernd zurück in die Küche. Oh, keiner mehr da! Wo sind sie hin? Egal, somit kann ich in Ruhe den Stinkteufel ausfindig machen und eliminieren. Motiviert flitze ich zum Esstisch und schnüffle. Kaum spürbar schnuppere ich ein paar winzige Partikel des übelriechenden Stoffes. Ich nehme mir genügend Zeit, doch der Stinker ist listig und bleibt verborgen. Restlos enttäuscht von mir gebe ich genervt auf. Verdammt!

Schimpfend starte ich durch in das Wohnzimmer. Und, was sehen meine traurigen Augen? Beide Menschlein sitzen auf dem Sofa und quatschen. Der Geruch scheint ihnen egal zu sein. Ich bin fassungslos. Mutlos lande ich auf dem Teppichboden und begrüße meinen Spiegel. Och, da klebt tatsächlich ein Stück Schale an meinen Kehltupfen. Ups! Ich schlottere mein Haupt und das Überbleibsel meiner Fressorgie fliegt im hohen Bogen weg. Zufrieden betrachte ich mein Spiegelbild. Ja, alles wieder schick. Mit einer eleganten, grazilen Rückwärtsbewegung tapse ich los. Mein Blick verfängt sich an Mutschs Hausschuhen. Da glitzert etwas! Das muss ich mir unbedingt anschauen. Mein Ziel im Visier achte ich weniger auf meine Umgebung, sondern schlendere freudig dahin. Alarmierend melden sich meine intakten Geruchsnerven zurück. Da ist es wieder, dieser Mief. Igitt! Kurz vor den Latschen bleibe ich abrupt stehen. Ich kneife meine Adleraugen zusammen, mache kleine Schlitze und fokussiere meinen Sicherheitskreis. Mein Blick stoppt an Onkel Kurts Füßen und bleibt dort haften. Ich identifiziere graue Socken und einen Wurm, der lustig schaukelt. Vorsichtig schleiche ich mich an den Wackelwurm heran. Er scheint seitlich in der Socke festzustecken. Ich erkenne einen größeren grau-schwarzen Fleck am mutmaßlichen Kopf des Geschöpfes, sehe aber weder Augen noch eine Nase, einen Mund oder gar Ohren. Ich krame in meinen Erinnerungen und bin mir sicher, eine solche Kreatur noch nie erblickt zu haben oder ihr je begegnet zu sein. Neugierig schreite ich voran. Unbedeutende Wellensittich-Meter trennen uns. Während ich weiter in den hintersten Winkeln meines Gehirns nachforsche, nehme ich die mir bekannte Ausdünstung wahr. Da ist der Stinker! Diese zappelige, augenlose Kreatur muffelt vor sich hin und macht seine Gegend unsicher. Ich starre ihn an. Er reagiert lediglich mit einem Nicken.

»Piep, piep«, schimpfe ich.

Was soll ich kleiner Wellensittich zusätzlich lernen? Menschenworte und Zeichensprache? Das ist verrückt. Der Stinker zeigt kein Interesse an meinem Gezeter. Das reicht mir. Ich habe es mit Worten versucht und werde von ihm gnadenlos verkannt. Das ist eine Anmaßung! Er muss bestraft werden. Wer nicht hören will, muss fühlen! Jawohl, fühlen! Ich hole zweimal tief Luft, atme dabei seine ausgeworfenen widerlichen Atome ein, öffne meinen bereits zuckenden Schnabel und hacke kräftig auf ihn ein. Wie ein Wahnsinniger schlage ich zusätzlich mit meinen Flügeln und dresche meine Schnabelspitze in den Zappelphilipp.

Von weit her höre ich einen Furcht einflößenden Schrei. Ich brauche einen Moment, bis mir bewusst wird, dass es Onkel Kurt ist. Er brüllt wie ein Verrückter, lautstark und zappelnd. Er fuchtelt in der Luft herum. Gleichzeitig sehe ich ein Trinkglas an mir vorbeisausen und auf dem Boden aufprallen. Eine Wasserflut ergießt sich über meinem Haupt. In Sekundenschnelle bin ich pitschenass. Was hat er? Ich fliege erschrocken auf den Sessel. Mutsch schaut mich entsetzt an.

»Er hat mich gebissen«, jault Onkel Kurt.

Er hält sich seinen rechten Fuß und rubbelt.

»Mitten in meinen Zeh. Erst stoße ich ihn mir vor ein paar Tagen an der Badewanne an, sodass er einen Bluterguss bekommt und zu guter Letzt hackt dieser ausgeflippte Vogel auf ihn ein. Ah.«

Zeh? Was für ein Zeh? Meine Augen weiten sich und mir wird klar, dass der wackelige Stinker gar kein Wurm ist, sondern der kleine Zeh von Onkel Kurt. In mir kriecht die Besorgnis hoch, dass ich soeben einen großen Fehler begangen habe. Beklommen blicke ich zu Boden und schäme mich für meine Attacke.

»Böser Jerry? Böser Jerry!«, rufe ich Mutsch entgegen.

»Ja, böser Jerry!«, bestätigt sie meinen Verdacht.

»Los, böser Jerry, komm! Wir holen schnell ein Pflaster.«

Mutsch erhebt sich und ich nutze die Möglichkeit und fliege auf ihre Schulter. Natürlich beobachte ich Onkel

Kurt weiterhin. Man kann ja nie wissen, was in einem Menschlein für Kräfte freigesetzt werden, wenn es sich bedroht fühlt. Bei Mutsch bin ich sicher. Schnell hasten wir ins Bad und holen ein winziges Kinderpflaster mit einem Bärchenmotiv. Zurückkommend hören wir bereits im Flur Onkel Kurt jammern und fluchen. Ich spüre, dass ich Onkel Kurt allein durch meine weitere Anwesenheit nervös mache. Ängstlich schaut er mich an, als Mutsch das Pflaster an seinen Zeh klebt. Onkel Kurt tut mir leid. Ich versuche eine Annäherung und fliege auf ihn zu.

»Ah, nein«, schreit er und wedelt mit den Armen in der Luft herum.

»Geh weg. Böser Vogel, böser Vogel. Lass mich in Ruhe.«

Niedergeschlagen fliege ich einen hohen Bogen und zurück auf die Sessellehne. Aussöhnung missglückt. Schade! Aber wie soll ich ihm meine Entschuldigung zeigen?

»Jerry, nein«, ermahnt mich Mutsch und droht mir mit ihrem Zeigefinger.

Ich schweige, gehorche und bleibe stocksteif in meiner Position hocken. Warum hat er denn Strümpfe mit Löchern an? Kann er keine anderen anziehen oder die alten Dinger wenigstens stopfen?

Nachdem Mutsch den Zeh versorgt hat, lässt sich Onkel Kurt in das Sofa fallen und atmet hörbar tief aus.

»Das hat Jerry nicht böse gemeint«, sagt Mutsch und ihre Lachfältchen treten hervor.

»Bist du dir da sicher?« Onkel Kurt schaut sie fragend an.

»Warum kann er dann BÖSER JERRY sagen?«

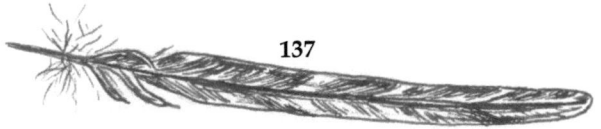

»Ach Quatsch. Er ist ein kleiner, neugieriger Wellensittich, der hin und wieder ein Abenteuer sucht. Und das Loch in deinem Strumpf war zu verführerisch.«

Mutsch lacht und Onkel Kurt nickt.

»Wenn du meinst. Trotzdem ist er böse, basta.«

Onkel Kurt sieht trotzig wie ein Kleinkind aus. Aber Mutsch ist unsere Beste! Beharrlich nimmt sie uns in Schutz, egal welchen Mist wir bauen.

Seit diesem Vorfall passt Onkel Kurt genau auf, wenn er uns besuchen kommt. Er fragt, wo ich gerade bin und zusätzlich verlangt er Hausschuhe zum Schutz seiner Füße.

Nach wie vor suche ich seine Nähe und beabsichtige, ihn um Verzeihung zu bitten. Ich fliege auf sein lockiges Haupthaar oder seine Schulter und versuche freundlich zu ihm zu sein. Er weist mich ab. Gestikuliert schrecklich herum und kreischt wie ein Mädchen.

»Böser Jerry, geh weg! Böser Jerry!«

Eines kann ich mit Nachdrücklichkeit sagen, dem Wurm-Stinker habe ich es gezeigt.

»Piep.«

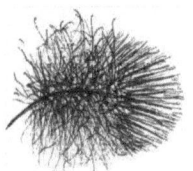

Die Jahre vergehen

Abend für Abend sitze ich mit Mutsch auf der Couch, kuschle mich an ihre zarte Haut und sauge ihren mir vertrauten Duft ein.

Still ist es bei uns geworden. Vater arbeitet viel. Paul ist selten daheim. Anja büffelt für das anstehende Abitur.

Ein amüsantes Erlebnis taucht vor mir auf. Als ob es gestern war, höre ich Anja im Zimmer auf und ab gehen. Ständig wiederholt sie dieselben Worte und versucht ein Gedicht zu lernen.

»Was hat sich dieser Goethe 1782 nur dabei gedacht?«, fragt sie in den Raum hinein. »Und warum muss ich das über 200 Jahre später noch aufsagen?«

Wut steigt in ihr auf. Um sie ein wenig abzulenken und aufzumuntern, fliege ich auf das Schulbuch in ihrer Hand und tapse über die Worte hinweg. Gleichzeitig zwitschere ich und tue, als ob ich die Zeilen lese.

»Piep, piep, piep.«

»Jerry, hör auf. Denn das geht so.«

Ich merke, dass sie genervt ist und bin schnell still. Im Stechschritt legt sie mit kräftiger Stimme und wilden Handgesten los:

»Wer reitet so spät durch Nacht und Wind?

Es ist der Vater mit seinem Kind;

Er hat den Knaben wohl in dem Arm,

Er fasst ihn sicher, er hält ihn warm.

Mein Sohn, was birgst du so bang dein Gesicht?

Siehst, Vater, du den Erlkönig nicht?

Den Erlenkönig mit Kron´ und Schweif?

Mein Sohn, es ist ein Nebelstreif.«

Sie stoppt und schaut mich auffordernd an. Also, ich habe das verstanden. Papa und der verwirrte Sohnematz reiten auf einem Gaul in der stürmischen Dunkelheit und der Junge faselt von einem König. Ist kinderleicht. Wo ist das Problem?

Ihre Blicke durchbohren mich und ich werde wieder einmal von dem in mir aufsteigenden Gefühl überflutet, etwas falsch gemacht zu haben. Nur was? Fragend glotze ich sie an. Anscheinend bilden sich winzige Fragezeichen über meinem Haupt und Anja grient. Geschafft, sie lächelt wieder. Erleichtert blinzle ich zurück. Ihre Gesichtsmuskeln entspannen sich.

»Oh, Jerry. Das ist öde und es sind viele Strophen, die ich auswendig lernen muss. Verdammt«, erklärt sie mir und wirft sich auf das Bett.

»Und wozu die ganze Aufregung? Zum Schluss stirbt der Junge sowieso.«

Ach nein, jetzt hat sie mir das Ende verraten. Das ist schade. Könnte mein Schnabel eine Kinderschnute ziehen, ich würde es machen. Spielverderberin!

Stattdessen sitzen wir rum. Jeder in seinen Gedanken versunken. Ich überlege gerade, wie ich mich aus der angespannten Situation schleiche, als Anja aufspringt.

»Jerry, pass auf! Das Gedicht ist nur für dich!«, flüstert sie mir zu und ein Fingerschnipser fliegt über meinen Schnabel.

»Wer trällert so früh durchs Kinderzimmer?
Es ist der Jerry, der macht das immer.
Er hat den Ton in seiner Kehle,
ich bin mir sicher, es raubt meine Seele.
Man Anja, was birgst du so bang dein Gesicht?
Hörst, Jerry, du die falsche Melodie nicht?
Es tritt auf meine Stirn der Schweiß,
komm Jerry, hör auf mit dem Scheiß.«

Lachend wirft sie sich rückwärts auf das Bett. Kurzzeitig bin ich etwas überfordert und irritiert von den mir vorgetragenen Gedanken meiner liebsten Freundin. Hat sie das ernst gemeint mit meinem Gesange oder war das die künstlerische Freiheit, die dem Dichter das erlaubt? Da ihr Gelächter ansteckend ist, beschließe ich, die zweite Variante anzunehmen und fliege auf ihren wackelnden Kopf. Vorsichtig nimmt sie mich runter und küsst mich auf den Schnabel.

»DAS Gedicht ist modern und«, Anja hebt den rechten Zeigefinger und tippt behutsam auf meine bebende Brust, »es entspricht voll und ganz der Wahrheit. Punkt. Aber weißt du, was das Beste ist?«

Ich hole tief Luft, aber ohne meine Antwort abzuwarten, plappert sie weiter.

»Diese Zeilen sind für dich, mein Schöner. Und in 30 Jahren werde ich sie immer noch wissen und beim

Vortragen an dich denken.«

Ich bin gerührt. Welcher Wellensittich kann von sich behaupten, dass ihm jemals ein Vers gewidmet worden ist?

»Piep.«

Wie recht Anja unbewusst damit hatte.

Das Gedicht von diesem Goethe hat sie letztendlich gelernt. Allerdings bin ich mir sicher, dass sie sich in der Schule ordentlich zusammenreißen musste, um ernst zu bleiben und die richtigen Sätze aufzusagen.

Ich genieße unsere Zweisamkeit und lasse mich am Kopf kraulen. Es beeindruckt mich nach wie vor, wie ich dabei entspannen kann. Manchmal zwitschere ich ununterbrochen und klebe an Mutschs Seite. Allerdings werde ich jetzt schneller müde und meine Schlafphasen dehnen sich aus.

Gänzlich in mich versunken hänge ich meinen Hirngespinsten nach und platziere Luftlöcher in die Atmosphäre. Es gefällt mir, wie sich die Wolken verändern, bereitwillig ihre Form ändern, um etwas Frisches entstehen zu lassen.

Das ist der Lauf der Welt. Etwas Altes geht – etwas Neues beginnt.

Ich bin angekommen in meinem Nest. Auf den Tag genau ist es 9 Jahre her, dass ich meine Reise in diese Familie antrat. Ich bereue keine einzige Minute davon. Mit ihnen habe ich einiges erlebt und Spaß gehabt. Schmunzelnd denke ich an meine Rennen im Flur, an meine zahlreichen Besuche im Rotlichtmilieu, die unzähligen Streicheleinheiten, meinen verzapften Blödsinn und unsere legendären Versteckspiele.

Ich durchforste meine Erinnerungen und mir fällt eine Geschichte ein, welche Anja mir vor einer gefühlten Ewigkeit völlig aufgebracht erzählt hat.

Während eines Familienurlaubes musste sie auf einem schrecklichen alten Sofa schlafen. Es war derart schräg, dass sie täglich Angst davor hatte, nachts rauszufallen. Und damit erst recht keine Gemütlichkeit unter den Feriengästen aufkommen sollte, hing zusätzlich an der Wand ein gerahmtes Foto vom Staatsoberhaupt Erich Honecker.

Sofort rannte sie zum Schulranzen, kramte ein Buch heraus und präsentierte mir ein ähnliches Bild des grauhaarigen Mannes. Ich musste es bejahen, sein Angesicht war weder ästhetisch noch freundlich aussehend. Anjas Entsetzen ging so weit, dass sie behauptete, es nicht zu verstehen, warum man den Landsleuten unglaublich schreckliche Unterkünfte für die schönste Zeit des Jahres – den Urlaub – anbietet. Grauenvoll ausgestattet und Alpträume garantiert vorprogrammiert.

Nach diesem Familienurlaub stand ihr Entschluss fest. Sie wollte etwas verändern. Sie beabsichtigte den Menschen Freude zu bereiten, sodass sie den Alltag vergessen und glücklich sein konnten.

Ab da gab es kein Zurück mehr. Und wer Anja kennt, weiß, dass sie einen schrecklich starken Willen besitzt. Einmal etwas entschieden, dann bringt niemand sie davon ab. Vater nennt es Trotz und Mutsch spricht von

Ambition.

Allerdings wird es Anja definitiv nicht in die Politik verschlagen, daran hat sie gewiss kein Interesse. Und im Rampenlicht zu stehen entspricht keinesfalls ihrer Natur.

Ich sehe sie in einem hübschen kleinen eigenen Eiscafé. Dort wird sie scharenweise die Erdenbewohner begeistern. Sie wird ihnen freundlich begegnen und ihnen den Tag versüßen. Anja wird sie eine klitzekleine Weile aus ihrem Lebenstrott reißen und verzaubern. Nur angenehme Gäste werden hereinspazieren und noch in der Eingangstür stehend, die Spezialkreation des Hauses, »Jerrys Spaghetti-Traum« – Vanilleeis mit Schlagsahne an selbst gemachtem Erdbeerpüree mit weißen Schokoladenraspeln –, ordern.

Es wird allen schmecken. Die rote Soße wird durch die süßliche Luft sausen und unzählige unschuldige Hemden und Blusen mit perfekt sitzenden Spritzern beglücken.

Mit funkelnden Augen wird Anja lachend danebenstehen, den Moment genießen und dabei an mich denken. Und wenn es ihre kostbare Zeit zulässt, werden liebeswerte Worte über ihre Lippen rollen und sie wird unsere Geschichten erzählen, sodass niemand sie vergisst.

Diese Zukunftsvision gefällt mir.

Ich liebe meine Bande und sie mich. Ich merke, wie meine Kräfte nachlassen und sich verabschieden. Heute bin ich alt, aber glücklich.

An meinen letzten Flug erinnere ich mich kaum, das Laufen fällt mir von Tag zu Tag schwerer. Jede

Bewegung schmerzt. Die Zeit in meinem Käfig ist längst vorbei. Auf dem Wohnzimmerteppich, genau neben meinem Lieblingsspiegel, habe ich ein wohliges Plätzchen. Die Näpfe und ein frischer Hirsekolben sind ebenfalls hier. Alles dicht beieinander. Mein heiß begehrter Ball liegt in der Ecke und wartet geduldig auf das nächste Spiel. Bei dieser Vorstellung muss ich schmunzeln. Gern würde ich ihn stupsen und schließlich rollen sehen.

Mutsch und Anja sind mit mir zum Tierarzt gegangen. In unserer Nähe befindet sich seine Praxis. Der Arzt war freundlich. Tragisch nur die Diagnose – Gicht. Meine Krallen sind steif und mein Herz ist altersschwach.

Mein Immunsystem versuchte der junge Mann mit einer Spritze aufzupäppeln. Gleichzeitig verpasste er mir ein Schmerzmittel. Als es stach und sich die brennende Flüssigkeit in meinen Adern verteilte, zuckte ich zusammen.

Alles eine Frage der Zeit. Wie durch einen Schleier blickte ich meine Liebsten an. Sie sahen traurig und mutlos aus.

Aber heute ist ein besonderer Tag – Freitag, der 15. Mai 1992. Unser Tag. Er ist wie ein zweiter Geburtstag, aber besser.

Als ob die Sonne es wusste, schickt sie ihre Sonnenstrahlen zu mir. Ich hocke in meinem lichtdurchfluteten Nest. Ein heilsames Gefühl.

Ich höre den Schlüssel im Türschloss klappern. Kurz darauf nehme ich die mir wohlbekannten Stimmen wahr. Endlich.

»Jerry, wir sind da.«

Der heiß ersehnte Satz wärmt meine Seele. Mein Herz fabriziert einen winzigen Hopser.

»Bin gleich bei dir. Dann gibt es ein Leckerli.«

Anjas Stimme beruhigt mich und ich warte geduldig ab. Noch mit ihrer Jeansjacke bekleidet hält sie mir ein Apfelstückchen entgegen. Der süßliche Geruch krabbelt in meine Nase. Gern würde ich am Jonagold knabbern, aber es bleibt mir keine Zeit dafür. Ich atme das Apfelaroma ein. Einen Moment beanspruche ich für mich diese Makellosigkeit des Augenblicks.

»Jerry? Was ist los?«.

Anjas Augen füllen sich mit Tränen, als sie mich ansieht.

»Du magst doch Äpfel, oder?«

Ich fühle mich taub und bringe ein einziges schwaches »Piep« hervor.

»Aber,… heute ist unser Tag. Weißt du nicht mehr?«

Ich höre wie ihre Stimme zu zittern beginnt.

»Böser Jerry, komm!«, entspringen mir die meist gesagten Worte. Wie immer, wenn ich etwas ausgefressen habe oder imponieren möchte, lege ich meinen Kopf schief und blinzle. Ich möchte sie trösten und versuche auf sie zuzugehen. Es schmerzt fürchterlich.

»Nein«, sagt sie leise und wischt sich eine Träne von der geröteten Wange, »nicht böser Jerry. Lieber Jerry, komm!«

Mutsch ist inzwischen bei uns. Unsere altbekannten Augenpaare begegnen sich. Wir verstehen uns schon lange ohne Worte. Behutsam nimmt sie mich in ihre warme Hand. Ich empfinde keine Angst. Im Gegenteil, ich besitze alles und wesentlich mehr, als ich mir jemals vorgestellt oder gewünscht hatte.

Mutschs aufgeklärtes Gesicht beugt sich zu mir und ich spüre ihren liebevollen Kuss auf meinem Schnabel. Ich knabbere kurz sanft an ihrer Wange. Sie lächelt.

»Es ist alles gut«, flüstert sie mir zu. »Wir sind bei dir.«

Ich fühle, wie sich meine Muskulatur entspannt. Diese mir angenehme Atmosphäre ist der richtige Moment. Anja liebkost meinen Kopf. Ein letztes Mal genieße ich ihre sanften Berührungen. Ich atme leiser und langsamer. Mein Blick schweift zum blauen Himmel mit seinen wandelnden Schäfchenwolken. Ich denke an die Regenbogenbrücke und weiß, dass ich diese ohne Hindernisse überqueren kann. Am Ende siegt die Liebe. Ein Lächeln huscht über mein Gesicht. Meine Augenlider sind schwer und ich bin erschöpft. Ich spüre mein altes Herz klopfen, ich bin zufrieden und schlafe ein.